KB048863

나는 나를
안아주기로 했다

나는 나를
안아주기로 했다

초판 1쇄 인쇄 _ 2018년 4월 1일
초판 1쇄 발행 _ 2018년 4월 10일

지은이 _ 하지은

펴낸곳 _ 바이북스
펴낸이 _ 윤옥초
편집팀 _ 김태윤
디자인팀 _ 이정은, 이민영

ISBN _ 979-11-5877-045-7 03810

등록 _ 2005. 7. 12 | 제 313-2005-000148호

서울시 영등포구 선유로49길 23 아이에스비즈타워2차 1005호
편집 02)333-0812 | **마케팅** 02)333-9918 | **팩스** 02)333-9960
이메일 postmaster@bybooks.co.kr
홈페이지 www.bybooks.co.kr

책값은 뒤표지에 있습니다.

책으로 아름다운 세상을 만듭니다. — 바이북스

나는 나를
안아주기로 했다

하지은 지음

차례

4부

사계절을 돌며 마음의 평안을 얻다 123

5부

내가 나를 일으켜주다 157

6부

나도 남도 살리는 여행이 있다 191

프롤로그

평범하게 살다가 가장 평범하지 않은 사람으로 변해버렸을 때에 비로소 나는 내 자신에게 진지하게 질문을 하기 시작했다.

'내가 사는 이유가 뭐지?', '나에게 왜 이런 일들이 일어났을까?'

아무리 생각해도 답을 알 수 없는 세월을 십 년쯤 보냈다. 원래의 모습대로 돌아가기 위해 별의별 경험을 다 했다. 알 수 없는 병을 고치기 위해 시작된 스님과의 인연으로 전국을 떠돌아다니며 시작된 치유여행을 통해, 나는 겨우 사람 구실을 할 수 있었다.

지금도 그때를 생각하면 아찔하다. 몸과 마음을 내 의지대로 사용할 수 없는 고통 속에서 자신에 대한 끝없는 존재의 이유를 알기 위해 전국을 들쑤시고 다녔다. 뻗대어 보기도 하고, 엎드려 빌기도 했다, 원망도 했다가, 포기도 했다가 다시 또 극복하기 위해

노력하는 과정 속에서 나의 모습을 문득 바라볼 수 있었다. 이 모든 것이 내가 만들고 지어온 것임을 알게 되었다.

생각해보면 고통의 시간들이라고 하지만 사실은 나의 인생을 적극적으로 바꿀 수 있는 내공을 키우는 세월이었던 것 같다. 존재에 대한 끝없는 물음은 종교와 철학, 심리학에 대해서 관심을 가질 수 있게 해주었다.

또한 해결되지 않는 문제를 풀기 위해 사람의 몸과 마음을 공부하는 계기가 되었고, 스스로 치유할 수 있는 방법을 연구하는 시간이었다. 어쩌면 일련의 사건들이 내 인생의 시나리오인지도 모른다.

아파보지 않고 상처 없는 자가 어떻게 다른 사람의 슬픔을 공감할 수 있으며 보듬어줄 수 있겠는가? 세게 한 방 맞아보고 터져

보아야, 적어도 똑같이는 아니어도 비슷하게라도 타인의 고통에 공감할 수 있지 않을까? 인생에서 오는 모든 고통과 슬픔에 임하는 마음이 단련되고 제련되는 소중한 시간들이었다.

누구에게도 말하고 싶지 않은 부끄러운 일이라고 생각하며 살았다. 혹시라도 이런 이야기가 살아가는 데 걸림돌이 될까 봐 전전긍긍하며 나의 이야기를 허심탄회하게 가벼운 마음으로 이야기 하지 못했었다. 그러나 이제는 나의 이야기가 누군가에게 위로와 용기가 될 수 있다면 기꺼이 나의 모든 경험들을 사람들과 나누고 싶다.

슬픔이 때론 기쁨으로 변하고 기쁨이 슬픔이 될 수 있다는 성인의 말씀처럼 힘든 과정들이 나를 새롭게 바꾸는 쓴 약이었음

에 감사한다.

그리고 여기까지 올 수 있도록 사랑과 도움을 주신 모든 인연들에게 깊은 감사를 드린다. 죽을 때까지 갚아도 갚을 수 없는 큰 은혜를 입었다.

나 또한 누군가의 인생에 어두운 밤길을 비춰줄 수 있는 가로등 같은 존재로 살아가고 싶다.

이 책이 슬픔과 좌절에 빠져 고통받고 있는 사람들에게 자신의 인생을 새롭게 시작할 수 있는 작은 마중물이 되기를 기원해본다.

누구보다 귀한 당신, 이제부터라도 행복할 권리가 있다. 화이팅!

세상은 더 편해지고 풍요로워졌는데 사람들은 훨씬 바쁘고 조급해졌다. 일이 많아서가 아니라 마음이 바빠지니 문제이다. 아침에 일어나면 잠시 생각할 틈도 없이 자동적으로 돌아가는 일상에 바쁘고 정신없다.
하루 종일 단내 나는 일에 넌덜머리가 나지만 이놈의 밥줄이라 끊지도 못하고 또 도돌이표다.

1부

차라리 혼자 밥 먹는 게 편하다

지쳐 있는 사람들

시대가 풍요로울수록 사람들의 얼굴이 굳어간다. 아침 출근길 지하철 풍경을 보면 알 수 있다.

잠을 못 자서 눈 밑이 새까만 사람들, 미처 풀지 못한 숙취에 총기 없이 피곤에 절어 힘없는 눈으로 또 그날그날 뉴스와 정보들을 체크하는 사람들이 무표정한 모습으로 스마트폰 속으로 빠져든다.

끊임없이 울려대는 톡 알림 음이 잠시도 마음을 쉬지 못하게 붙들어둔다. 아니 잠시라도 울리지 않으면 왠지 소외된 것 같아 불안하다. 이건 거의 중독 상태로 몇 초 단위로 카톡이나 밴드 확인을 하고 뭔가 올라오지는 않았는지, 누군가의 이모티콘 반응은 없었는지 무의식 중에 검색하게 된다. 중독인 걸 알면서도 습관적으로 확인하게 된다

흰머리 희끗희끗한 어르신이 코앞에 있어도 배부른 임산부가 무

거운 배를 내밀고 앞에 있어도 발딱 일어나 상쾌하게 자리를 내어 주는 사람들이 별로 없다. '나도 피곤하고 힘들어!' 하는 신호가 온몸에서 흘러나온다. 시선을 외면하거나 꾸벅꾸벅 못 잔 잠을 자느라 다른 사람은 안중에도 없다.

하늘을 가끔씩 본다거나 가끔씩이라도 주변을 보는 사람들은 거의 없다. 종일 돌아가는 지하철 2호선 순환선처럼 오늘도 반복되는 업무 속에 달려갈 뿐이다. 매일매일 주어지는 업무량, 관계 유지를 위해 챙겨야 되는 경조사, 어김없이 지출해야 하는 각종 고지서와 적금들이 내 월급날만을 기다리고 있다.

불가에서 말하는 지옥의 윤회가 바로 이런 것이 아닐까? 괴로우면서도 매일 반복해야 하는 고통 !

사회적 시스템이 잘못된 것일까? 내 생각이 잘못된 것일까? 이건 아닌데 하면서도 멈추지 못하고 계속 반복하는 나태함과 게으른 마음이 새로운 생각조차 나질 않게 한다.

현대인은 늘 불안하고 불안정하고 걱정이 많다. 그래서 지친다.

국민건강보험공단 건강보험정책연구원에 따르면 최근 우리나라에서 불안 · 공황장애를 앓고 있는 인구가 52만 명이 넘는 것으로 나타났다. 무한 경쟁 사회 속에서 살면서 누구나 스트레스를 겪고 생각지 못한 상황들 앞에서 삶의 변화를 꾀하며 불안을 느낀다(네이버백과사전). 하지만 불안이 지속되고 심각해지면 신경증이나 공황장애, 불안장애로 이어질 수 있다. 급기야 무기력 상태에 빠져 아무것도 할 수 없는 상태가 되면 더욱 곤란해진다.

과도한 불안과 걱정은 온몸을 지치게 만든다. 에너지가 불안과 걱정으로 술술 빠져나가다 보면 정작 일을 해야 하는 시간에 열정적으로 할 수 있는 여력이 모자라게 된다.

현대인을 지치게 하는 것은 무엇이 있을까?

첫째, 비교에서 온다.

다른 사람은 매년 여행도 가는데 나는 왜 못 가나, 친구는 연봉이 얼마인데 나는 이것 밖에 못 버나, 옆집 아이는 공부도 잘하는데 우리 아이는 학교만 근근히 다닌다. 옆집 남편은 마누라에게 공주 대하듯 해주는데 우리 남편은 나를 무수리 대하듯 한다. 누군가와의 비교는 사람의 마음을 조급하게 만들고 따라가는 데 급급하고 지치게 만든다. 사람마다 그 사람의 인생 시간과 속도가 있는데 잘난 사람들 맞추려고 따라가다 보면 숨도 못 고르고 물도 마시지 못하고 쉼없이 뛰기만 하는 마라톤 선수처럼 목표 지점에 골인하기도 전에 쓰러지기 쉽다.

둘째, 끊임없이 자기를 괴롭히는 부정적인 생각이 당신을 지치게 한다.

당신이 하루 중 생각하는 것을 적어보자. 가장 많이 하는 생각이 무엇인지 나열해보면 몸과 마음을 지치게 하는 것이 무엇인지 알 수 있다. 당신의 부정적 생각은 부정적인 생각을 반복하는 뉴런 시냅스를 강화시키고, 더욱더 부정적 성향으로 만들어서 근육을 긴장시키고, 스트레스 호르몬을 나오게 하여 심장 박동수와 호흡을 빠르게 하고 충동적으로 선택하게 하며 관계를 악화시키기도 한다.

셋째, 개성 없이 남과 같아지려고 하면 지친다.

사람마다 각자의 '꼴'이라는 것이 있다. "꼴값한다"는 말은 그 사람의 꼴대로 행동한다는 것이다. 나는 이 말이 정답이라고 생각한다. 저마다의 생긴 대로 꼴값을 할 때 지치지 않게 된다. 다른 사람의 꼴을 따라가려고 과도하게 신경 쓰거나 되지도 않는 흉내만 내면 폼도 안 나고 그야말로 꼴값할 수가 없다. 내가 살아오면서 만든 꼴대로 이루어나가면 된다. 사회에서 만든 전형적인 꼴에 끼워맞추지 말고 내가 만든 꼴을 채워나가자. 어느 누구도 흉내내지 못하는 꼴은 자존감도 올려주고 요즘 같은 시대에 새로움으로 다가갈 수 있다.

넷째, 황금만능주의에 물들면 지치게 된다.

자본주의 국가에서 당연히 최고의 가치가 '돈'이다. 한동안 돈이 정말 궁해서 고생해본 적이 있다. 그때는 돈만 있으면 모든 것이 좋아질 것 같았다. 실제로 돈이 생기니 마음도 편해지고 피부에 생기도 오르고 자존감도 올라갔다.

그러나 늘 모든 것을 돈의 기준에 맞추는 습관은 자신이 좋아하는 것, 먹고 싶은 것, 입고 싶은 것, 듣고 싶은 것, 보고 싶은 것이 진짜로 무엇인지 모르게 된다. 그러나 돈과 자기의 가치를 분명히

분리할 수 있으면, 사회적 관계 또는 자신이 하는 일이 돈의 가치에 오염되지 않고 당당하게 버틸 수 있는 힘이 생기게 된다.

돈이 없다고 자신의 능력이나 재능 또는 자신의 가치를 평가절하하면 절대 행복할 수 없다. 황금만능주의에 물들게 되면 타인과 자신을 지치게 한다.

남과 나는 다른 존재인데 비교하여 힘들어 하고, 아직 오지도 않을 일 때문에 자신을 괴롭히며, 주체성 없이 남과 똑같아지려는 생각은 자신을 탈진시킨다. 황금만능주의에 물들어 돈으로 모든 것을 해결하려 하면, 어떤 것이 중요한 가치인지 길을 잃고 헤매게 된다. 이 세상에 단 하나밖에 없는 당신은 어느 누구도 모방할 수 없는 소중한 존재이다. 이제는 당신의 가치를 남의 중심이 아니라 나의 중심에서 바라보아야 한다. 나를 지치게 하는 것이 무엇인지 곰곰히 생각해볼 일이다.

상실의 시대

상실喪失이란 단어를 찾아보면 '어떤 사람과 관계가 끊어지거나 헤어지게 됨. 또는 어떤 것이 아주 없어지거나 사라짐'이라고 쓰여 있다. 무언가를 잃어버린다는 느낌은 단절, 결핍, 박탈, 미련, 애착의 단어와 맞닿아 있다. 상실이라고 하면 사람과의 이별을 먼저 떠올리기 쉽지만 우리는 매일 만나고 있는 모든 것과 상실을 경험하며 살아가고 있다. 건강했던 치아가 흔들거리기만 해도, 부쩍 늘어난 흰머리를 보아도, 축 늘어진 주름살을 보며 세월을 느낄 때에도, 잘 다니던 직장을 갑자기 그만두었을 때에도, 정들었던 곳을 이사갈 때에도 우리가 마음을 쏟고 애착하던 시간이 길면 길수록 상실의 깊이는 깊다.

나와 함께했던 작은 물건에 쏟았던 애정은 내가 그것과의 첫 만남부터 익숙해지기까지 과정이 고스란히 물건에 남아 있다. 좋아하고 서운하고 소홀하고 미워했던 희로애락을 함께한 시간들이 녹아 있기 때문에 그것을 잃어버렸을 때 허탈감, 박탈감이 느껴지고 더 이상 함께할 수 없다는 단절감이 상처로 남는다.

세상은 과거보다 몇 배로 빨리 변하고 있다. 변화가 다양하고 급변할수록 상실감도 횟수를 더해간다.

이사, 이직, 이별, 이혼, 사망 등 엄청난 상실감으로 미처 내 마음을 돌보기 전에, 또 다른 상실을 만나야 하는 현대인들은 그래서 아프다 못해 이제는 무감각해졌다. 아픈 자리를 쥐어박으면 멍이 들고, 멍든 자리에 또 상처를 계속해서 입다 보면 더 이상 아프지 않기 위해 스스로 굳은살로 바꿔버린다. 굳어서 감각이 느껴지지 않을 정도로 단단해지면 최소한 아프다는 것을 잊어버리니까. 그러다 보면 이제는 웬만한 상실감이야 그러려니 하고 무시할 수 있게 된다.

그러나 상실감을 직접 만나지 않고 회피하기만 하면 불쑥불쑥 어딘가가 불편해지기 시작하며 삶의 리듬을 방해하기 시작한다.

잘 다니던 회사도 갑자기 가기 싫어지고, 늘 애정과 배려로 대했던 직장 동료도 꼴 보기 싫어진다. 내 마음이 어딘가가 불편하기는 한데 무엇이 해결되지 않은 듯 얹힌 것처럼 속이 더부룩하고 불편한 감정이 어느 마음의 한구석에서 똬리를 틀고 나가지 않는 것을 무의식 중에 느낀다. 세월호 사건 후 온 국민들이 상실감으로 몸서리친 것을 기억할 것이다.

무의미하고 무기력한 시간들이 한동안 사람들의 정서로 자리 잡

상실이라고 하면 사람과의 이별을 먼저 떠올리기 쉽지만
우리는 매일 만나고 있는 모든 것과
상실을 경험하며 살아가고 있다.

고 삶의 정체성에 대해 의문을 품고 힘들어 했던 세월호 사건, 사람들은 어느 정도 시간이 흐른 후 다시 제자리에서 밝음을 찾았지만, 직접 죽음을 목격하고 경험한 당사자들은 아직도 그 트라우마에서 벗어나지 못하고 있다.

나 또한 건강을 잃고, 재산도 잃고, 가족을 잃고, 정체성도 잃고 내가 가지고 있는 것은 깡그리 잃어버리는 상실감에 몸서리를 쳤던 적이 있다. 절망보다 힘든 것은 이제 아무것도 할 수 없다는 무기력감이었다.

이 세상에 살아갈 의미를 찾지 못하면 삶의 목표점을 잃어버리게 된다. 나와 연결된 모든 것들이, 모든 사람들이 아무 소용없게 여겨진다. 거기에는 관심도, 사랑도, 배려도 들어설 공간이 없다. 그저 될 대로 되라는 거친 마음만이 몸에 남는다. 살아 있다는 느낌을 강렬하게 원한다는 건 다른 누군가에게 관심을 쓸 에너지가 조금이라도 남아 있다는 것이다. 계속되는 상실감은 당신의 살고자 하는 작은 에너지마저 고갈시켜버린다.

그래서 우리는 우리가 애착하는 것과의 이별 후 적절한 애도의 시간이 필요하다. 연인과의 헤어짐 후 그와 또는 그녀와의 함께했던 시간들과 추억들이 건강하게 저장되어 앞으로 새로운 만남에 자양분이 되고 성숙한 경험이 되도록 이별 후 적절한 애도의 시간이 필요하다. 그러한 시간 없이 허전함을 달래기 위해 다른 이를 급하게 받아들인다면 당신은 지나간 사람에게도 새로운 사람에게도 충실하지 못할 것이다.

직장을 은퇴한 후, 상실감으로 우울증에 시달리는 남성들이 많다. 매일 같은 시간에 출근하고 회사 나가면 누군가로부터 지시를 받고 해야 할 일을 지시하던 그는 무엇인가 하고 있다는 느낌, 살아 있다는 느낌으로 충만해 있었다. 그러나 은퇴 후 그는 금방 알게 된다. 직장에서의 직급과 자리는 오직 회사에 있을 때만 인정해주는 것이었음을. 그것이 나라고 생각하고 살아왔던 모든 것들이 허망하고 또 허망하다는 것을 빨리 깨달은 사람일수록 새로운 나를 위해 재충전과 애도의 시간을 가진다.

그동안 공들이고 애쓰고 노력했던 모든 것들과 충분히 만나고 헤어질 마음의 준비를 하는 것이다. 자신이 기울였던 노력을 인정해주고 그동안 애착했던 모든 것들과의 만남 그리고 이별의 시간을 가진다. 그리고 후회 없이 놓을 준비를 한다. 과거의 기억과 경험이 새로운 경험 아래 든든한 밑바탕이 되어 수용의 폭이 넓어진다. 상실감을 건강하게 회복하면 과거의 내 모습을 고집하지 않는다. 애착과 집착에서 한 발짝 물러서서 새로움을 받아들일 뿐이다

모든 것은 만남과 헤어짐을 반복한다. 어느 가수의 〈만나고 헤어지고 또 지우고〉 노래 가사처럼 절차가 필요하다.

상실감에 대하는 우리의 자세를 정리해보자.

첫째, 만날 때 우리는 헤어질 것을 알고 있어야 한다.

둘째, 헤어질 것을 알기에 만나는 그 순간 최선을 다해야 한다.

셋째, 헤어진 후 나와 함께해준 모든 것에 대한 감사의 시간을 가진다.

넷째, 새로운 만남을 위해 과거의 실수나 부족했던 것을 정리해본다.

다섯째, 좀 더 성숙한 마음으로 새로운 인연을 기꺼이 받아들인다.

상실감으로 괴로워하고 있는 모든 사람들이 적절한 애도의 시간을 가지고 더 커진 마음으로 내일을 맞이하길 기대한다. 어차피 헤어짐이 예견되어 있기에, 죽음이 늘 우리의 삶에서 기다리고 있기에 우리는 현재를 좀 더 충실하게 살 수 있는 것이다.

상실의 시대에 대응할 수 있는 우리들의 적절한 방법은 만났을 때 충분히 집중하고 사랑하고 노력하는 것이다. 그래야 상실 이후 오는 공허감보다 미련 없이 보낼 수 있는 성숙한 마음으로 상실감을 치유할 수 있다.

트라우마로 인생이 방해받을 때

트라우마(trauma)란 정신적 외상外傷이라는 정신의학 전문용어로서 외부로부터 가해진, 자신의 의지와는 상관없이 일방적으로 받은 정신적인 충격 일체를 뜻한다(네이버사전). 사별, 사고, 이혼, 소외, 따돌림, 끔찍한 사건 사고의 목격, 또는 감당할 수 없는 충격적인 경험 등으로 일생 동안 정신적 지배를 받으며 현실 생활에 온전히 적응을 하지 못하게 하는 정신적 상태로 삶의 질을 현격하게 떨어뜨린다.

트라우마란 말이 거의 생활 용어로 자리 잡았는지 대중 매체를 비롯하여 일반인들에게도 쉽게 트라우마라는 용어를 많이 사용하는 것을 듣게 된다. 사실 매일 뉴스에서 흘러나오는 충격적인 사건 사고를 듣는 것만으로 어떨 때는 온몸이 떨릴 만큼 트라우마의 간접 경험을 하고 살아가는 것이 현대인들이다.

트라우마는 일상 생활에서 소소하게 또는 반복적으로 경험하는 작은 것에서부터 인생에 계속적으로 영향을 미칠 만큼 감당할 수 없는 충격적인 경험으로 인한 큰 트라우마가 있다.

학교 다닐 때 또래 학생들 앞에서 망신을 당했던 경험이나, 높은 곳에서 떨어진 기억, 이성에게 계속적인 거절 경험, 새엄마의 차가운 말투, 치과에서 겪은 고통, 어렸을 때 엄마 손을 놓쳐서 길을 잃은 경험뿐만 아닐 것이다. 또한 전쟁, 강간, 폭력, 신체적 상해, 학대 등 쉽게 경험할 수 없는 일들로 인해 인생 전반에서, 나를 소외되게 만들고 움츠려들게 만들고 매일 고통받고 있는 사람들도 분명 많을 것으로 생각된다. 너무나 고통스럽고 기억하기 싫어서 외면하고 무시하지만 나를 꼼짝달싹도 못하게 하고 무력하게 만들었던 경험을 하고 있을 가능성이 많다.

큰일이 있고 난 후 주변 사람들은 이렇게 말을 한다.

“괜찮아, 진정해. 이제 다 끝났어. 버텨야 돼. 이제 그만 현실로 돌아와야지, 언제까지 그러고 살래?”

정말 기억하고 싶지 않지만 계속적으로 떠오르는 그 경험으로부터 벗어나려고 하면 할수록, 더 생생해지고 또렷해지며 더욱 과거의 느낌이 온몸으로 전해진다. 그래서 식은땀을 흘리며 밤잠을 못 자고, 인간 관계도 힘들어지며 현실과는 괴리된 채 붕붕 떠다니듯 함께하지 못하고 소외되는 듯한 느낌을 가지고 살아가는 사람도 많다.

사실 매일 뉴스에서 흘러나오는 충격적인 사건 사고를 듣는 것만으로
어떨 때는 온몸이 떨릴 만큼 트라우마의 간접 경험을 하고
살아가는 것이 현대인들이다.

생각하기도 싫은 끔찍한 세월호 사건은 온 국민을 트라우마로 상태로 몰아넣었다. 배 속에서 절규하며 스러져간 그들을 보며 우리는 분노와 공포와 무력감을 다 함께 느꼈다. 배를 타고 여행을 갈 일이 생길 때마다 세월호 사건을 상기하게 된다. 만약 내가 그런 상황을 경험하게 된다면 어떻게 될까? 다시 한번 구명 보트를 확인하게 되고, 나도 모르게 물만 쳐다보아도 소름이 끼칠 때가 있다. 하물며 어린 아이를 잃은 엄마 아빠의 기억 속에서 배는 영원한 적개심의 대상물이다.

나 또한 충격적인 사건 이후 지난 10년을 내 몸과 마음을 온전한 상태로 되돌리는 데 들였다. 첫 번째 사건은 내가 여행사에 근무할 당시였다. 나는 새로운 것에 호기심이 많은 사람이었다. 그즈음 다른 일을 배워보고 싶다는 생각이 간절한 나는 역학을 배워보고 싶어서 인터넷을 통해 어떤 여자 선생님을 알게 되었고 배우러 가게 되었다.

그날은 토요일이라 오전 근무만 하고 마감을 하려고 하는데 평소 같지 않게 수십 통의 전화가 계속 걸려오는 것이었다. 대표전화가 3개가 있었는데, 이건 호떡집에 불이 난 것처럼 3대의 전화가 울리고 끊기기를 반복했다. 약간은 이상하다 생각했지만 무시하고 나는 수유행 버스를 타고 가고 있었다. 그런데 이게 무슨 일인가 갑자기 버스가 접촉사고를 내면서 멈추어 섰다. 무슨 일이지? 약간은 께름직한 생각이 들었지만 나는 또 무시하고 버스를 새로 타고 그

선생님을 만나러 갔다.

이후 몇 달 동안 열심히 역할을 배우러 다닌 나는 완전히 매료되었고 빠져들었다. 그런데 선생님은 내가 무얼 하고 있는지 다 알고 있었으며, 내 생각을 읽고 있었다. 그녀와 나는 서로 연결되어 있었던 것이다.

어느 날 사찰에 갔을 때 머리가 깨질 듯이 아파왔다. 산과 건물들이 물결치듯 보이고, 영화 속에 들어와 있는 듯 모든 것이 뿌옇고 희미했다. 무엇인가가 머리를 강하게 압박하고 어떤 행위도 하지 못하게 하는 알 수 없는 힘이 느껴졌다.

너무나 괴로워서 선생님께 전화를 했더니 자기도 머리가 아프다고 했다. 그때 난생처음 해보는 경험이라 그때의 감각과 느낌은 그대로 기억이 난다. 이후 나는 점점 몸이 안 좋아지고 정신이 이상하게 변해갔다.

머리가 폭발하는 경험 이후, 나는 시공간을 구별하지 못하고 감각도 완전히 잃어버리는 정말 사람 구실 못하는 멍청이로 변해버렸다. 내 인생 최대의 위기를 맞이하게 된 일련의 사건들은 오랫동안 절망과 좌절, 수치심과 굴욕감, 자살 충동, 자폐, 퇴행, 관계 단절, 피해 의식, 수면 장애, 가위 눌림, 가족 해체 등 내가 감당할 수 없는 일들로 이어졌다.

그럼에도 불구하고 난 다시 살고 싶었다. 그러나 사회에 격리된 채 어정쩡하게 이방인으로 살아가는 느낌, 온전히 현실에 발을 담

그지 못하고 살아가는 느낌은 살아 있어도 온전히 사는 것이 아니었다.

수많은 시간 동안 원래의 느낌으로 돌아가려고 정말 별짓을 다 했다. 전국을 다니며 치료에 좋다는 약, 민간 요법, 병원, 굿, 침술 요법, 뇌파 치료, 운동법, 기도 같은 것을 하러 다녔다. 좋아졌다가도 사건 당시의 느낌과 감정에 사로잡힐 듯한 심한 우울증과 공포가 밀려오곤 했다.

트라우마를 작게 또는 크게 겪고 있으면서, 예전과 다른 나를 느끼고 살아간다는 것이 얼마나 고통스러운지를 안다.

트라우마는 당신이 경험했던 충격적인 에너지가 몸 안에 그대로 남아 육체적 정신적 삶의 전반에 영향을 준다. 현실에 완전히 몰입되어서 살아가지 못한다. 함께 있지만 혼자 있는 것 같으며 주변의 모든 대상들이 집중이 안되거나 방향성 없는 삶이 지속된다.

정체성 혼란으로 자신이 누구인지 무엇이든 확신을 가지고 결정하지 못하며 믿지 못하는 경우가 많다.

삶 속에서 트라우마와 관련된 단서가 되는 것들은 모두 피하게 되며, 소극적인 삶을 사는 경우가 많기 때문에 사회적 역할과 관계의 폭도 좁아진다.

그러나 반드시 해결될 수 있는 문제이다. 반드시 그럴 수 있다고 생각해야 한다. 그때의 일들을 직면해서 바라볼 수 있어야 한다. 있는 그대로를 인정해야 한다는 뜻이다.

그 현상이나 상태에 집착하는 것이 아니라 인생에서 일어날 수도 있는 일이고, 해결할 수 있는 일이라는 관점에서 볼 수 있으면 더 빨리 회복할 수 있다.

"쾌락 적응"이라는 말이 있다. 인생의 로또 당첨처럼 큰 행운도 일정한 시간이 지나면 원래의 마음으로 돌아오는 것을 말한다. 좋은 일도 시간이 지나면 적응이 되지만 불행도 평상시 마음으로 돌아올 수 있다.

다만 자기가 사고 이전과 똑같아야 한다는 마음을 버리지 않는 한 회복하는 데 시간이 많이 걸린다. 이미 일어난 일은 원래의 자리로 돌아가기 힘들다. 자신의 현재 상황에서 수용하고 흡수하고 재창조할 수 있으면, 당신은 더 크게 성장하고 치유될 수가 있다.

모든 사건은 좋은 점과 나쁜 점이 공존한다.

당신의 삶에서 트라우마가 끼친 부정적인 면만 보지 말고 긍정적인 의미도 만들어보라.

나는 이 사건으로 인해 아무 생각 없이 살다가 주변의 고통받는 사람들에 대해 이해하게 되었다.

나는 이 사건으로 인해 삶과 죽음에 대해 진지하게 생각하게 되었다.

나는 이 사건으로 인해 몸과 마음을 공부하게 되었다. 그리고 심신치유교육사가 되었다.

적극적으로 자신의 문제를 드러내고 해결하려고 노력해야 한다.

자신의 강력했던 경험을 재구성해서 다시 재연해보라.

그때 느꼈던 감정과 기억, 느낌을 새롭고 긍정적인 감정으로 재편성할 수 있으면 당신의 몸과 마음도 새롭게 리뉴얼될 수 있다.

우리 몸은 스스로 치유할 수 있는 강력한 치유력과 방법을 스스로 가지고 있다.

현대인에게 흔해진 트라우마라고 그냥 넘어가지 마라.

온전한 삶을 향한 당신의 열정이 있는 한 그대는 한층 성숙해진 사람으로 거듭 태어날 수 있다.

스트레스 증후군

언제부터인가 힐링이라는 단어가 사회 전반에 사용되어지고 있다. 교육, 사회, 문화, 경제, 전반에 힐링을 키워드로 정보와 홍보를 하는 업체들이 많아졌으며, 사람들의 정신적 · 신체적 · 영적 휴식을 의미하는 단어로 입에 자주 오르내리고 있다.

예전에는 성공과 관련된 단어가 주를 이루더니, 지금은 행복 그리고 쉼, 힐링, 치유라는 말이 많이 필요한 시대인가 보다. 앞만 보고 열심히 살아도 제자리거나, 아니면 조금밖에 나아지지 않는 이 시대에 생존 경쟁이 치열한 현대인들은 늘 지치고 불안하며 긴장의 연속이다.

농경생활 이전 수렵 · 채취 생활에서도 물론 끊임없이 자연재해와 맹수의 공격으로 부터의 생존해야 하는 생리적 · 신체적 위협이 인간을 스트레스 상황에 놓이게 했다.

스트레스 상황에 나타나는 심리적 · 생리적 변화를 투쟁-도피반응이라고 한다. 즉 과거 인류의 스트레스 반응은 주로 생존을 위협하는 맹수나 자연재해에 맞서 싸우거나 신속히 도피하면 해결되었다.

그러나 수렵 시대와는 달리 신체적 위협보다는 심리적 위협을 겪는 스트레스가 대부분인 현대인들은 힘들다고 싸우거나 도망갈 수 없는 것이 현대인의 구조적 딜레마다.

환경적 위협도 없어지고, 먹을 것도 충분히 구할 수 있는 데도 점점 힘들어져가는 현대인들에게 가장 큰 스트레스는 세상이 너무 빨리 변하여 적응력의 한계를 느낀다는 것이다. 미처 배우기도 전에 새로운 기술을 배워야 하는 현대인들은 너무 피곤하다.

직업 변화와 사회적 역할 변화가 빈번한 현대 시대는 그에 대한 적응 과정이 더 큰 스트레스로 작용한다. 나 혼자만 뒤쳐지는 것 같고, 알지 못하면 생존경쟁에서 밀려나는 것 같아 허겁지겁 따라가게 되고, 필요에 의해서라기보다 비교와 불안 초조감에 어쩔 수 없이 따라가는 경우가 많다.

원숭이들을 대상으로 제이 카플란(Jay Kaplan) 등이 실시한 연구에 의하면 서열이 안정된 무리와 서열 경쟁이 계속되는 불안한 무리의 우두머리를 2년 후 평가했을 때, 서열이 불안정하여 계속 변하는 무리의 우두머리 원숭이에게서 동맥경화, 고지혈증, 심근경색 등이 더 많이 나타났다(Kaplan et al, 1982)고 한다.

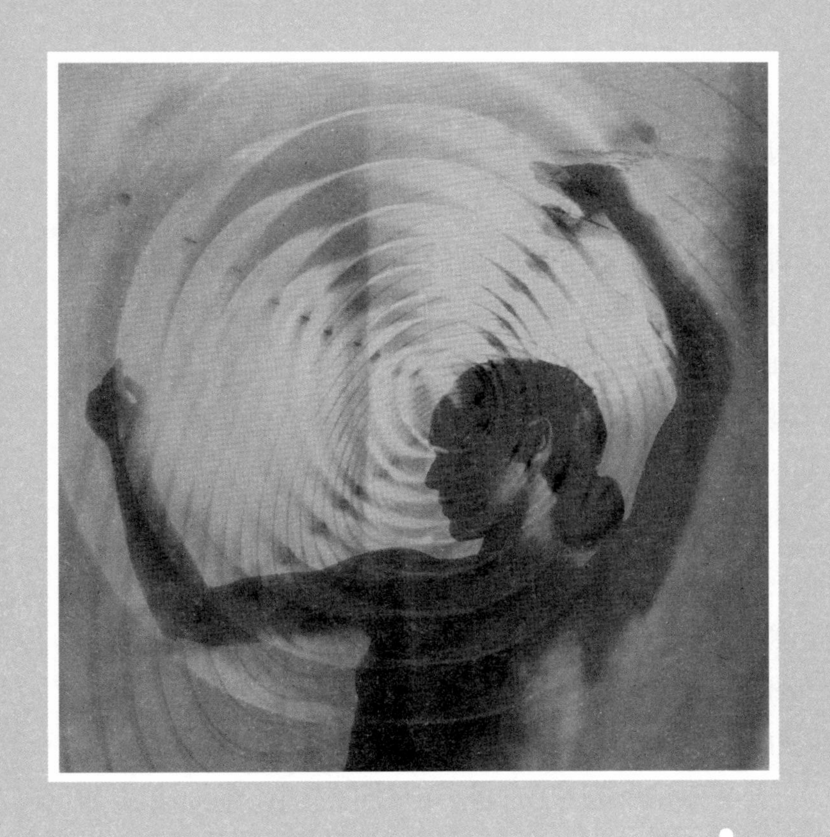

나 혼자만 뒤쳐지는 것 같고 알지 못하면 생존경쟁에서
밀려나는 것 같아 허겁지겁 따라가게 되고 필요에 의해서라기보다
비교와 불안 초조감에 어쩔 수 없이 따라가는 경우가 많다.

경쟁 사회 속에서 겪는 스트레스가 현대인의 건강에 미치는 영향이 얼마나 큰지를 보여주는 사례이다.

도시인들의 삶의 모습도 스트레스 가중화를 시키는 구조 중의 하나이다. 직립보행을 하는 인간은 돌아다니며 먹이를 구하기에 적합한 신체구조이다. 하루 종일 같은 공간에서 일을 해야만 하는 현대인의 모습이 동물원에 갇힌 사자의 상태와 비슷하다. 맹수의 용맹함과 활기참을 잊어버린 지 오래된 것 같은 사자의 모습에서 지루함과 견딜 수 없는 무력감만이 발견된다. 이것은 신체적 · 정신적으로 스트레스를 느끼고 있다는 것을 나타낸다.

과거보다 생활은 편해졌는데 성인병은 훨씬 많아졌다. 한 해 사망하는 인구 28만 명 중에 가장 많은 비율을 차지하는 것이 암환자이다. 암환자들 연구에서 암 발생 이전에 극심한 스트레스를 겪은 경우가 대부분이라고 한다.

반복적인 스트레스 호르몬의 분비는 정상적인 몸의 기능을 방해하고 탈진시키며 에너지를 방전시킨다. 이제 스트레스 관리는 정신적 · 신체적 건강을 위해서라도 간과하며 넘어갈 수 없는 항목이 되었다.

인생은 끝없는 스트레스의 연속이다. 태어나고 자라고 성숙되고 죽는 인생의 과정 중에 늘 존재할 수밖에 없다. 물론 스트레스라고 다 나쁜 것은 아니다.

적절한 긴장과 불안은 삶을 진취적이고 창의성을 키우게 하며 문제해결 능력을 키워준다. 이것을 유스트레스라고 하는데 이를테면 승진, 결혼, 취업, 운동, 창조적 활동, 의욕을 일으키는 도전에 동반되는 스트레스는 신체에 해롭기보다 이로운 결과를 가져오는 경우이다.

긍정적인 스트레스는 인지적인 능력을 향상시켜주고 에너지 레벨과 수행 능력을 올려주기도 한다. 기분 좋은 스트레스는 베타엔돌핀이나 옥시토신 등을 증가시켜 삶의 동기나 면역력을 키워준다.

단순히 스트레스를 없애려고 하는 것에서 벗어나 순간순간 변화하는 삶의 과정에 적절하게 대응할 수 있도록 개인뿐만 아니라 사회적 국가적으로도 대처방안을 가지고 있어야 한다.

아직까지 우리나라는 일부 기업을 빼놓고는 직원들 또는 학생들을 위한 스트레스 관리 교육이 잘 되지 않고 있다. 삶의 질과 행복을 추구하는 이 시대에 스트레스의 관리교육은 필수요소이다. 특히나 인생에서 특별한 사건이 있을 때는 대응할 수 있는 자원과 앎이 있어야 빨리 현실에 적응할 수 있다. 자신의 몸과 마음의 균형을 어떻게 잡아야 하는지는 본인이 가장 잘 알고 있다.

혹시 모른다면 우리의 몸과 마음에서 일어나는 스트레스 반응을 이해하고 대응하는 방법을 배울 것을 권한다. 가장 중요한 방법은 "알아차리기"이다. 우리가 스트레스 상황에서 쉽게 선택할 수 있는 "먹기"조차도 단순히 먹기만 하는 것이 아니라, 이 먹는 것을 왜 하고 있는지 알아차리기만 해도 자신의 상태를 판단할 수 있고 행동을 조절할 수 있다.

스트레스를 가장 쉽게 해결할 수 있는 술, 담배, 폭식, 도박, 게임, 약물중독 등은 일시적으로 기분은 좋게 할지언정 문제를 해결해주지는 않는다. 과감히 나쁜 생활 패턴은 끊고 건강한 방법을 습관화하자.

자각 없는 일상

세상은 더 편해지고 풍요로워졌는데 사람들은 훨씬 바쁘고 조급해졌다. 일이 많아서가 아니라 마음이 바빠지니 문제이다. 아침에 일어나면 잠시 생각할 틈도 없이 자동적으로 돌아가는 일상에 바쁘고 정신없다

하루 종일 단내 나는 일에 넌덜머리가 나지만 이놈의 밥줄이라 끊지도 못하고 또 도돌이표다.

100세 시대 길다면 길고 한 백 년밖에 되지 않은 인생 짧다면 무척 짧은 기간이다 .

나의 40대도 우물쭈물 하다 보니 벌써 인생 중반 즈음을 지나갔다. 사람 사는 것이 다 그런 거라고 위안해보지만 어딘지 모르게 헛헛하고 공허함이 밀려온다.

이렇게 사는 게 맞는 걸까? 새로움보다 익숙한 것에 길들여져서

매일 다른 하루인데 똑같다고 착각하고 살고 있다.
어제의 하늘과 오늘의 하늘이 다르듯이
우리의 몸과 마음도 매일 변화하고 있지 않은가?

성가시고 귀찮은 마음이 앞선다.

매일매일이 같은 것 같지만 똑같은 하루는 없다. 그렇게 보일 뿐이다. 매일 다른 하루인데 똑같다고 착각하고 살고 있다. 어제의 하늘과 오늘의 하늘이 다르듯이 우리의 몸과 마음도 매일 변화하고 있지 않은가? 유심히 관찰해보면 어제와 똑같은 것은 하나도 없다

당신의 심장, 맥박, 시력, 청력, 머리카락, 피부, 손톱, 발톱까지도 매일 자라나고, 늙고, 마모되고 있다.

자각 없는 일상은 의미없는 반복적인 행동에도 습관적으로 계속하게 된다는 것이다. 반복되는 흡연, 불안할 때마다 먹게 되는 단 음식, 짜증과 함께 나오는 습관적인 불평 불만, 초조할 때마다 떨고 있는 다리, 자각 없는 행동은 자동적으로 불필요하고 해로운 행동들을 지속시키고 강화시킨다.

자신의 불안과 초조를, 분노와 어색함을, 수치심과 열등감을 알아차리는 바로 그 순간 자동적 반복행동 패턴들을 멈출 수 있는 시간이 된다.

인생은 반복되는 삶의 패턴으로 진행되고 있다. 창조적 삶의 패턴은 반복과 수정과 알아차림과 새로움으로 발전하지만 무료하고 불쾌한 삶의 패턴은 삶에 도움이 되지 않는 행동을 무한반복하며 살아가고 안주한다.

사소한 것부터 알아차림을 연습해보아야 한다.

오늘 내가 하는 행동 일지를 써보자. 눈을 뜨는 순간부터 나는

무엇을 계속하고 있는지 걸음을 걸을 때, 밥을 먹을 때, 양치질할 때, 옷을 입을 때, 샤워할 때조차도 몸과 생각이 따로 놀고 있지 않은가.

몸과 마음이 분리되어 있으면 다른 세상을 살고 있는 것과 같다. 현재에 있으면서 생각은 늘 과거와 미래에 닿아 있는 삶은 현실에 집중하지 못하는 결과를 만든다. 결국은 평생을 과거나 미래에 마음을 두고 사는 것이다. 그런 삶은 오늘에 만족하지 못한다. 늘 다음에, 내일, 언젠가라는 꼬리표를 달며, 집중할 수 없게 한다.

내일은 보장받을 수 없는 시간이다.

언제, 어떻게, 어디서, 무엇으로 존재할지 아무도 모르기 때문이다.

진정한 well-being의 삶은 here-being에 있다.

당신이 있는 그 자리에서 온전히 그대를 존재케 하라.

상처를 외면하면 몸이 운다

우리 몸은 정직하고 거짓말을 할 줄 모른다.

유리알처럼 내 마음을 그대로 드러내는 정밀하고 미세하게 반응하는 고성능 시스템이다.

그런데 몸에 대한 우리의 생각은 참 무정하다. 아프다고, 배고프다고, 불쾌하다고 끊임없이 울어대는데도, 정 없는 엄마처럼 모른 척하거나 알면서도 별거 아니라며 무시하는 이들이 많다.

점점 울어대다가 반응이 없으니 몸은 스스로 방법을 강구한다. 아니 탈선을 한다. 제 맘대로 살아날 방법을 찾는 것이다. 우리의 몸이 어느새 망가지고 회복할 수 없는 지경에 이르렀을 때는 원래의 상태로 돌아오는 데 엄청난 시간과 노력을 들여야 한다는 것을 알아야 한다.

나를 안다는 것은 무엇을 말하는가? 내 정신과 영혼을 담고 있는 몸의 소리에 귀를 잘 기울이는 것에서 출발한다. 내 몸에서 무슨 일이 일어나고 있는지, 무슨 말을 하는지 귀담아들어봐야 한다.

초조하면 심장은 두 배로 뛰기 시작하고 맥박은 빨라진다. 무서우면 솜털은 곤두서고 근육은 수축한다.

사실 마음보다 몸이 먼저 알아차리고 반응한다. 만약 당신이 계절의 변화를 잘 못 느낀다든지 춥고, 덥고, 서늘하고, 뜨거운 것을 감지하지 못한다면 이미 당신의 몸과 마음은 별거 상태에 돌입했다고 보면 된다.

나의 모든 감각의 더듬이가 말을 듣지 않는 인생 최악의 순간이 있었다. 감각에 이상이 온 것이다. 먹어도 무슨 맛인지 알 수 없었다. 소금을 먹어도 짜지 않고 설탕을 먹어도 달지 않았다. 참 신기했다. 감각이 한순간에 마비되어버린 것이다. 숟가락을 들어도 내 손의 감각을 느끼지 못할 만큼 나는 이미 몸과 마음에 깊이 병이 들어 있었다.

충격적인 사건과 사고로 놀란 사람의 심리적 · 생리적 반응은 도망가지도 못하고 싸우지도 못하며, 그대로 몸의 감각이 얼어붙어서 꼼짝달싹 못하는 상태이다. 이를테면 너무나 황당하고 무서운 일을 경험하면 망연자실해서 멍해지는 느낌 같은 것 말이다.

마치 포식자를 피해 죽을 힘을 다해 달리던 영양이 치타에게 잡히는 순간 죽은 척하는 것도 감각이 생존을 위해 일시적으로 감각을 마비시키는 행위이다. 두려움과 공포가 감각의 반응을 일시적으로 중지시킨다.

동물 같은 경우에는 포식자에게서 위험이 사라지고 나면 긴장과 공포에서 벗어나 회복하기 위해 몸을 털어낸다. 공포 에너지로 가득한 몸을 재정비시키고 원래의 상태를 회복하는 행위로 몸을 터는 행위를 하는 것이다. 동물이 즉각적으로 회복하는 것에 비해서 인간은 충격적인 사건 후 되돌아오는 데 시간이 많이 걸린다.

예를 들어 사별 후에 우울증으로 평생을 사는 사람의 경우나, 충격적인 사건 사고 후에 비정상적인 행동이나 트라우마에 오랫동안 원래의 모습으로 돌아오지 못하는 경우를 보면 이해 갈 것이다.

우리는 몸에서 일어나는 모든 것들을 관찰하고 인지함으로써 즐거움 괴로움을 감지하는 능력을 회복할 수 있다. 감각이 회복된 만큼 현실에 참여수준도 더욱 확장이 되어가는 것이다.

그 사람의 환경과 상황에 따라서 그리고 회복탄력성의 차이에 따라 제자리로 돌아오는 시간은 다르다. 나는 감당할 수 없는 충격으로 제자리로 돌아오는 데 엄청난 시간과 노력이 들었다.

몸 안의 진액이 하나도 남지 않아 뼛속까지 빈 강정만 남아 있는 상태로 느껴졌을 때, 몸은 현재에 있어도 마음은 늘 과거로 달려가고 무기력한 마음이 좀처럼 회복되지 않았다. 현실을 부정하면 할수록 내 몸의 회복 시간은 자꾸만 연장되었다.

현재를 느끼고 산다는 것은 오감을 충분히 느끼며 산다는 이야기이다. 보고, 듣고, 맛보고, 느끼고, 냄새 맡고, 생각하는 것에 온전히 함께할 때 지금 이곳에 충실히 참여할 수 있다.

나의 발바닥이 내딛는 공간을 인식하고 눈에 보이는 것들을 자세히 들여다보기 시작했을 때부터 조금씩 감각은 돌아올 준비를 하게 된다.

과거의 상처나 트라우마로 괴로워하며 현실에 적응하지 못한 사람이라면 다음을 실천해보라.

첫째, 몸의 감각을 주시하라.

머리에서 발끝까지 느껴지는 감각을 스캐닝해본다. 내가 편하게 느껴지는 부위와 불편해하는 부위를 알게 된다. 몸의 반응을 즉각적으로 알아차림 할 수 있으면 불쾌함과 쾌감을 조절할 수 있다. 나에게로 돌아오는 길은 몸을 먼저 살피는 일이다. 몸 안에 상처와 회복의 답이 있다.

둘째, 나의 감정을 주시하라.

내 안에 올라오는 감정의 모양과 색깔을 관찰하는 것이다. 기쁨과 슬픔, 분노, 짜증, 감동, 즐거운 감정들이 올라올 때마다 이름을 붙여보자. 흰구름, 먹구름, 양떼구름, 안개구름 등 마음의 모양에 따라 감정이 달라지고 몸의 반응이 바뀐다는 것을 통찰하게 된다. 감정의 이름을 불러주고 인정해줄 때 몸의 반응도 금방 달라진다는 것을 알게 되면 깊은 상처도 조금씩 아물게 된다.

셋째 자기의 현실을 수용하는 것이다.

나를 안다는 것은 무엇을 말하는가?
내 정신과 영혼을 담고 있는
몸의 소리에 귀를 잘 기울이는 것에서 출발한다.

자신이 가지고 있는 열등감, 수치심, 피해의식을 솔직히 인정하는 것이다. 어쩌면 당신의 열등감은 위궤양을 심하게 하고, 수치심은 심장을 졸아들게 만들며, 피해의식은 복통으로 신체화 증상을 만들고 있는지 모른다. 상처를 수용하고 인정하게 될 때 우리의 몸은 긍정적으로 선 순환되기 시작한다. 수용 안에 성숙과 성장이 기다리고 있으며 앞으로 전진할 수 있는 방향성을 찾게 된다.

당신의 몸 안에 상처와 회복의 답이 있다.

현실로 돌아오는 길은 바로 당신의 몸 안에 있다.

2부

내가 내 마음을 치유한다

마음 둘 곳 없는 SNS

이른 아침 '카톡 카톡' 메시지 올라오는 소리가 요란하다.

아침 6시부터 밤 12시까지 한시도 쉬지 않는 나의 핸드폰에게도 휴식을 주고 싶다.

그런데 요놈이 참 편리하긴 하다. 어디서든 누구와 연결될 수 있는 보물상자 같은 역할을 하니 모두들 손에서 잠시도 떨어뜨려놓지 않는가 보다.

내가 고등학교때만 해도 벽돌만 한 전화기를 허세 떨 듯 가지고 다니며 자랑하는 사람이 간혹 있었다. 그런데 지금은 1인 1대, 아니 자기가 원하는 만큼 전화기를 소유할 수 있는 시대이니, 그만큼 쓰임새가 많아졌고 유용해졌다.

무선으로 전송되는 신호를 수신하여 음향이나 진동 또는 빛으로 휴대자에게 호출을 알리는 소형 수신기. 일명 삐삐라고 불렸던 무선호출기가 나왔을 때 굉장히 신선했던 걸로 기억한다.

허리에 차고 다니거나 주머니에 넣고 다니면서 삐익 삐익 알람음이 울리면 내가 꼭 중요한 사람이 된 것마냥 기분이 좋았다. 특정 문자나 숫자를 조합하여 의미를 전달하는 삐삐는 연인들에게는 비밀스런 연애 감정을 숫자로 표현할 수 있는 것이기도 했다. 어딜 가든지 연락이 닿을 수 있는, 호출을 할 수 있는 삐삐는 서로의 연결감을 단단하고 촘촘하게 해주었지만 그때부터 사적인 공간이 줄어들게 된 시점이 아닌가 한다.

얼마 전 여름방학을 맞아 문경에 있는 '깨달음의 장'이라는 수행 프로그램에 참여한 적이 있다. 이곳에 들어가자마자 스마트폰을 제출하고 시계도 없고 전화기도 없이 3박 4일을 보내야만 했다. 늘 체크하는 문자 메시지와 밴드, 블로그 등을 전혀 볼 수 없게 되자 약간의 초조함이 밀려왔다. 큰일이 일어나지 않는 한 보지 않아도 될 정보들을 나는 매일 습관적으로 자각 없이 보고 있었던 것이다. 특별히 할 일도 없으면서 몇 시인지 시간을 체크하는 것도 그냥 자동적으로 하는 행동이다.

스마트폰을 보지 못하게 되자 나의 관심사가 저절로 옆에 있는 사람에게로 향했다. 늘 먼저 주어지는 자극에 반응하는 소극적인 나에서 적극적인 나로 바뀔 수 있는 시간이었다. 타인의 말투, 눈빛, 표정, 행동을 관찰하고 반응하는 그 공간이 사람냄새가 나서 좋았다.

어느새 나의 몸은 어둠과 빛을 감지하고, 생체리듬이 자연스럽게 밤과 낮을 구별하고 적응하고 있었다. 자연의 리듬에 맞추어 사는 자연인처럼 그렇게 편안하고 자유로울 수가 없었다.

초조함에서 평온함으로, 긴장에서 이완으로 몸과 마음이 살얼음 녹듯이 탁 풀어진다.

그동안 무엇이 나를 그렇게 심박수가 뛰게 만들었을까? 내가 원하지 않아도 끊임없이 주어지는 각종 정보와 자극들에 반응하는 나를 보았다. 나에게 보내주는 정보를 예전엔 빠짐없이 다 읽어보았다. 그러나 방대한 정보들을 일일이 대응하기에는 시간이 너무 모자란다.

얼마 전엔 가입되어 있는 단체밴드와 모임에도 탈퇴했다. 보지도 않은 메시지가 매일 999개로 쌓여 있는 것을 어느 순간 알아차리자 혹시나 하는 마음에 붙들고 있는 SNS 모임밴드도 미련 없이 떠날 수 있었다. 방 안에 있는 필요 없는 물건들을 치우면 마음을 채울 수 있는 여백이 늘어난다.

사용하지 않는 밴드와 단체모임을 정리하고 나니 대청소한 듯 마음 한 편이 개운하다.

나이 때문일까? 이제 SNS로 소통하는 것에 피로감을 느낀다. 상대방의 소중한 정보가 참 고마울 때도 많지만 앞다투어 자신의 욕구와 이기심이 보이는 정보들에 지친다. 영혼 없는 이모티콘 , 품앗이 하듯 "좋아요"를 눌러달라고 조르듯 보내오는 사람들의 부탁

스마트폰을 보지 못하게 되자, 나의 관심사가
저절로 옆에 있는 사람에게로 향했다.
늘 먼저 주어지는 자극에 반응하는 소극적인 나에서
적극적인 나로 바뀔 수 있는 시간이었다.

이 어쩐지 썩 내키지 않는다. 경쟁하듯 찍어올리는 셀카 사진, 어디를 가든, 무엇을 먹든, 사소한 사생활까지도 드러내는 SNS가 현대인의 외로운 마음을 보여주는 것 같아 슬프다.

그러나 SNS가 우리의 삶을 다양하고 개성적으로 만들어주고 있는 것은 분명하다. 온라인 공간에서 누구나 나의 지식과 경험을 공유할 수 있는 이 시대는 축복받은 것임에 틀림없다. 돈을 주어야만 획득할 수 있었던 고급지식과 경험, 가치들을 함께 나눌 수 있는 시대, SNS 서비스. 무엇이든지 적절한 쓰임은 본인에게도 타인에게도 힘이 된다. 단 너무 편리성만 추구하다 보면 깊은 인간 관계는 기대하기가 어려울 수도 있다.

오래전부터 우리 인간들은 직접 보고, 느끼고, 교류하며 상대방과의 눈빛을 통해 감정을 느끼고 친밀감을 표현하며 만족스러움을 느꼈다.

지금은 이모티콘이 이것을 대신해 주고 있지만 남용되고 과잉된 표현은 진실한 마음을 알 수 있는 것에는 한계가 있다. 그래서 요즘은 오프라인 모임이 활성화되고 있다. SNS를 통해 비지니스도 하고, 오프라인 만남을 통해 새로운 인연을 쌓아나간다. 그곳엔 배려와 진심 어린 관심이 함께한다.

내 것만 경쟁적으로 알리려 하지 않는다. 좋은 것은 함께 공유하고 채워주는 모임은 시간이 지나면 지날수록 인기가 높아서 사람들로 붐빈다.

목적이 전도되지 않는 SNS를 통한 좋은 만남은 오래 되어도 깊어지고 넓어진다.

음식을 먹을 때 사진을 먼저 찍기보다 그 색깔과 맛을 내 마음에 찍어보라. 그대는 음식과 하나가 된다.

여행을 할 땐 카메라 렌즈로 여행지를 감상하지 말고, 내 눈과 귀로 자연을 더 많이 느껴보라. 당신의 가슴에 아름다운 정원이 만들어진다.

감정 없이 남발하는 이모티콘보다 진실한 한 줄의 말로 상대방을 대하라.

그대가 힘들 때 따듯한 말로 위로 받을 것이다.

스마트폰으로 구부정하게 변해버린 당신의 거북목을 들어 가끔은 주변을 살펴보자. 땀을 삐질삐질 흘리며 무거운 몸을 지탱하고 있는 임산부에게 선을 베풀 수 있는 절호의 기회를 잡을 수도 있다.

천천히, 깊고, 진실하게 인생을 음미하라.

자살율 1위 공화국

자살, 단어만 들어도 온몸에 힘이 쭈욱 빠진다. 생명의 가장 기본적인 본능인 살려고 하는 마음이 사라진다는 건 정말 심각하고 우울한 일이다. 그런데 이 심각한 일이 세계에서 좀 사는 한국이라는 이 나라에서 점점 늘어나고 있다. 급기야는 OECD 국가 중에서 매년 놓치지 않고 1등을 하고 있단다.

한창 꿈 많고 웃음이 많을 나이인 청소년도, 열정적으로 삶에 몰입해야 할 젊은이들에게도, 황혼에 접어들어 이제는 인생을 되돌아보며 좋은 마무리를 생각할 나이인 노인에게도 '자살'이라는 단어가 머릿속에 떠오른다는 건 국가적으로 보아도 정말 위기이다.

작가 이외수는 자살은 "자신의 목숨이 자기 소유물임을 만천하에 행동으로 명확히 증명해 보이는 일"이라고, 자살은 "피조물로서의 경거망동이자 생명체로서의 절대 비극"이라고 말했다. 그러나 "가장 강렬한 삶에의 갈망"이라고도 말했다. 나는 이 구절 중 '강렬한 삶에의 갈망'이라는 단어에 마음이 쓰인다.

자살을 선택하기까지 얼마나 많은 고민과 두려움으로 힘들어 했을지, 죽음 이면에는 정말 멋지게 잘 살고 싶다는 그 사람의 간절한 소망을 느낄 수 있기 때문이다.

나 또한 그러한 때가 있었다. 소용돌이치듯 사업실패와 알 수 없는 병으로 망가진 나는 우울증과 공황상태로 거의 얼이 빠져 있었다. 모든 것이 끝났다는 생각이 머릿속에서 떠나지 않았다. 밥을 먹어도 모래알을 씹는 듯 까칠했고, 더운 여름에도 두꺼운 겨울옷을 입고 다녔다. 웃음을 기억하지 못하는 듯 얼굴은 차갑고 무표정해졌다. 한 달 내내 잠만 잤다. 모든 것이 소용없게 느껴졌다. 세상일은 나의 일에 상관없이 여전히 잘 돌아가고 있는 것이 화가 나고 슬펐다. 주변에 아무도 나의 일에 관심을 써주는 사람이 없었다. 아니 관심도 귀찮고 동정받는 것 같아 기분이 안 좋았다. 깊은 슬픔이 물에 젖은 행주마냥 줄줄 흘러내렸다.

마음이 바늘구멍마냥 좁아져 바로 내 앞에 있는 것도 보이지 않고, 들리지 않고 느껴지지 않았다. 계속 '이 자리를 벗어나고 싶다, 숨고 싶다, 없어지고 싶다'라는 생각이 나를 자살로까지 이어지게 할 뻔했다. 하지만 이렇게 살아있다. 지금도 그때 생각만 하면 아찔하고 부끄러워진다.

사람이 갑자기 어려움에 처할 때는 어리석어진다. 정말 한 치 앞도 보이지 않는다. 한 고개만 넘으면 좋은 것이 기다리고 있는데 내가 넘어야 할 산만 높고 험해보인다 .

평소에 자주 낮은 산이라도 올라보지 않은 이에겐 더더욱 앞이 캄캄하다. 요즘 사람들에게는 '견디어내는 힘'이 부족하다. 어려우면 쉽사리 포기하고 둘러간다. 굳이 힘든 걸 왜, 힘든 걸 참고 하는 사람은 '조금 모자란 사람' 또는 융통성이 없는 것으로 통하기도 한다.

사회적 시스템의 한계는 아주 오래 전부터 늘 불완전하고 불평등했다. 자살의 근본적인 이유는 사회적 시스템보다 상황을 대하는 자세에서 비롯된다.

수십 가지 자살의 이유 중 가장 높은 퍼센트는 '미래에 대한 불안'이다. 다가올 미래에 대한 불안감이 급기야는 죽음을 선택하게 된다는 것은 정말 어리석고 안타까운 일이다.

얼마 전 TV에서 교사부부의 암 회복 프로그램이 방영된 적 있었다. 젊은 나이의 아내가 암이 걸렸는데 얼마 지나지 않아 남편도 암에 걸리게 되었다. 그러자 엉뚱하게도 시어머님이 좌절하여 자살을 한 사연이 주위를 안타깝게 했다. 그 이후 말기 판정을 받은 며느리는 치료가 잘 되어 회복했고 인생을 새롭게 바라볼 수 있는 힘이 생겼다.

자살은 남은 이들의 희망을 꺾어버리는 가장 이기적인 일이다.

자살은 내 안의 잠재력을 무참히 짓밟아버리는 행위이다. 미처

열매가 익기 전에 스스로 떨어져버리는 행위는 맛있는 과일이 되기 위한 과정을 무시하는 일이다. 사회가 온통 열병에 시달리는 사람처럼 신음소리를 내며 아프다고 소리친다. 아프다고 해도 마음 쓰며 위로해주는 사람이 없다. 국가도, 회사도, 가정에서도 함께이기보다 각자 스스로 해결해야 하는 분위기다.

언제부터인가 우리는 혼자 하는 것이 익숙해졌고 편하다고 생각한다. 눈을 맞추고 이야기 하기보다는 문자 메시지가 편하고, 전에 없던 1인석 칸막이 식당이 낯설지 않게 되었다.

혼자 먹고, 혼자 일하고, 혼자 반응한다.

그런데 말이다. 참 외롭다는 거다. 아는 사람은 많은데 수천 명, 수만 명 블로거, 페이스북 친구가 있어도, 초겨울 살얼음처럼 얄팍하고 깨지기 쉬운 관계들뿐이다.

인생에 위기가 왔을 때 극단적인 생각을 하기 쉽다. 죽어버리면 되지 뭐, 나 하나만 죽으면 다 해결되는데……. 안타깝지만 혼자 죽으면 해결되기는커녕 문제가 더욱더 커져버린다.

우리 모두는 함께 연결되어 있는 존재이기 때문이다. 연결된 끈 하나가 떨어져버리면 새로운 끈을 잇기 위해 많은 정성이 필요하다.

네가 있기에 내가 존재하며 나의 존재가 서로를 존재하게 한다. 지금 시대는 혼자이기 때문에 더욱더 다른 사람의 일에 관심을 가져야 나도 잘 될 수 있다.

언제부터인가 우리는 혼자 하는 것이 익숙해졌고 편하다고 생각한다.
눈을 맞추고 이야기하기보다는 문자 메시지가 편하고,
전에 없던 1인석 칸막이 식당이 낯설지 않게 되었다. 혼자 먹고,
혼자 일하고, 혼자 반응한다. 그런데 말이다. 참 외롭다는 거다.

나의 관심은 적어도 다른 이가 극단적인 선택을 하는 것을 막을 수 있는 최소한의 방법이다.

누군가와 연결되어 있고 소속되어 있다는 감정은 안정감을 준다. 힘들 땐 손을 내밀 수 있는 최소한의 용감함이 필요하다. 용기 있는 자가 어두운 터널도 빨리 빠져나갈 수 있다.

우리에게 어두운 감정의 그림자가 드리울 때 탈출하는 방법을 알아보자.

첫째, 혹시라도 위험한 생각이 들 땐 심호흡을 하라.

호흡은 긴장된 근육과 혈액을 부드럽게 완화시켜주어 어두운 생각으로부터 탈출할 수 있게 하는 가장 기본적인 방법이다.

둘째, 공간을 이동하라. 공간의 이동은 감정을 변화시킨다.

어느 특정한 장소에서 부정적인 생각이 많이 난다면 공간을 바꾸거나 이동시켜본다. 기운의 변화가 다른 감정을 만들어낸다. 나는 일상이 힘들어질 때 여행을 떠난다. 공간의 이동은 생각의 전환도 될 뿐만 아니라 새로운 아이디어도 떠오른다. 에너지 이동의 법칙을 충분히 활용하자.

셋째, 친한 친구에게 대화로 풀어내라.

부정적인 감정은 독이 되어 생각을 오염시키고 충동적인 행동을 하게 한다. 마음의 독을 대화를 통해 풀어내자. 친구가 없다면 해독노트를 하나 만들자. 내가 미워하고 힘들어하는 것에 대한 욕이라도 좋다. 실컷 풀어내다 보면 어느새 한결 나아진 기분이 된다.

나는 2016년부터 자살예방과 죽음에 대한 인식의 제고를 위해 데스카페Death Café를 운영하고 있다. 허심탄회하게 죽음에 대한 나눔을 할 수 있는 공간이 있으면 좋겠다고 생각을 했기 때문이다.

이곳에는 죽음에 대한 경험, 지식, 느낌을 거리낌 없이 이야기 하는 곳이다. 선진국에서는 초등학교부터 죽음 교육을 하고 있다. 타인과의 이야기를 통해 죽음에 대한 잘못된 생각을 돌아보고 올바른 이해를 하게 된다. 너무나 터부시해서, 또는 죽음에 대한 이해가 없어서 우리는 자신의 생명을 함부로 버린다. 죽음에 대한 올바른 이해와 교육은 생명에 대한 의미와 소중함을 스스로 자각하게 한다.

한국 사회의 죽음에 대한 부정적인 시선과 무관심이 더욱 자살을 부추기고 있다.

죽음에 대한 이해는 곧 삶의 질과 행복지수로 연결된다.

나쁜 죽음이 많은 나라가 아니라 행복한 죽음이 많은 한국이 되기를 간절히 기도한다.

내 머리는 1,000도 복숭아

사람의 몸 중에 어디가 가장 따뜻하면 좋을까?

36.5도의 온도를 유지하며 항상성을 유지하고 있는 우리 몸 중 가장 뜨거워야 하는 곳은 '장'이다. 그런데 나는 머리가 가장 뜨거웠다. 만지면 뜨거웠고, 계속 머리의 기운은 아파트 계량기가 쉼 없이 돌 듯 그렇게 잠시도 쉬지 않았다. 한순간의 폭발적인 사건은 내 몸의 흐름을 완전히 바꿔놓았다.

자궁에서 기운이 갑자기 머리 위로 쑥 올라가더니 단전이 텅 빈 것처럼 가볍고 비어 있는 느낌이 들었다. 반대로 머리는 무겁고, 뜨겁게 뭉친 무언가가 왼쪽 정수리 부분 대각선에 갑갑하게 뭉쳐 있는 느낌이었다. 눈을 감으면 당기고 조이는 아픈 머리 부분에 항상 마음이 먼저 갔다. 왼쪽 머리를 따라 목줄기에서 어깨까지 두꺼운 파이프가 놓여 있는 듯 잘못된 것은 아닐까? 무슨 다른 병이 있지는 않은지 걱정으로 하루하루를 보냈다. 인간의 상상은 몸의 상태를 바꾸기도 하고 변형시켜놓기도 한다.

특히 부정적인 상상은 더욱더 악화시키는 데 일조한다. 불면증이 심하고 밤새도록 잠도 못 자고 악몽에 시달리던 나는, '뇌세포가 죽어가고 있어'라는 걱정이 갈수록 커지고 불안감에 어쩔 줄 몰랐다. 그런 생각을 자주 한 때문인지 어느 순간 뇌가 쪼그라드는 느낌이 들었다. 풍선에 바람 빠지듯 위축되고 기가 죽은 뇌의 이미지가 자꾸 떠올랐다.

끊임없이 반복되는 부정적인 생각은 모닥불에 기름을 붓듯 몸의 진기를 메마르게 하고, 머리는 계속 불땐 것처럼 뜨거웠다. 병원에서는 수면 무호흡증이라며 그냥 두면 자다가 죽을 수도 있다고 겁을 주었다. 처방해준 약을 먹었지만 별다른 차도 없이 나는 여전히 악몽과 가위눌림, 불안감에 시달렸다.

그 후로도 나의 뇌회로는 24시간 쉴 줄 모르고 돌아갔다. 얼굴은 늘 벌겋고 들떠 있었다. 조금만 집중을 하려고 하면 머리가 조여와 책을 읽을 생각은 엄두도 못 내었다. 그냥 열기가 빠져나가도록 날숨을 계속 쉬어야 했다. 걱정이 되어 MRI를 찍었는데 의사 선생님은 허망하게도 이렇게 말했다.

"아무 이상 없어요. 마음을 즐겁게 가져봐요."

엄청난 병명이 있을 거라고 확신했던 나는 기계가 고장난 건 아닐까? 그런데 내 머리는 왜 이리 아프단 말인가? 머리가 폭발하며 빠르게 닫혔을 때 톱니바퀴가 어긋나 뇌회로가 다른 스위치에 꽂힌 듯 얽히고설키어 어디서부터 풀어나가야 할지 그냥 멍청히 있을 뿐이었다.

뒤돌아보면 나는 머리가 더 이상 그 무엇에도 반응하지 못할 정도가 되었는데도 계속 하기 싫은 일을 하고 있었다.

내 몸은 '이제 그만해.…… 제발 여기서 멈춰!…… 더 이상 계속하면 끝이야'라는 신호를 계속 보내는 데도 나는 몸의 소리를 무시하고 차단했다. 머리는 과부화가 걸려 더 이상 돌아가지 않을 지경까지 되었다. 어떤 정보도 접수가 되지 않았다. 그냥 들어오기도 전에 튕겨나가버렸지만 나는 멈추지 못했다.

스트레스가 극에 달해서 이제 더 이상 견딜 수 없는 상황인데도 멈추지 않으면 우리 몸은 경보기를 울린다. 계속 소리를 내도 반응하지 않으면 나중에는 '나도 몰라!' 하고 포기해버리는 단계까지 가게 된다. 그땐 이미 손을 쓸 수 없을 정도로 망가진 상태가 되어 복구하기 어려울 수도 있다. 스트레스가 많은 현대인들은 대부분 기운이 머리로 많이 쏠려 있다.

스트레스가 많이 쌓여 있는 사람들은 유형에 관계없이 징후가 비슷하다. 두통, 발열, 만성피로, 근육통, 식욕감퇴, 허탈감과 같은 증세를 보이는데 주로 두통을 많이 호소한다. 두통약을 먹고도 계속 현실은 머리를 쓰는 상황이 된다. 우리 몸은 사용한 대로 반응한다. 혹사하면 그대로 통증으로 되돌려준다. 특히 부정적인 생각은 뇌뿐만 아니라 몸 전체를 마비시킬 수도 있다. 해결되지 못한 일들이나, 수많은 해야 할 일들이 끊임없이 뇌를 쉬게 하지 못하게 하고 몸을 긴장상태로 만든다. 긴장된 몸은 필요 이상 교감신경을 활성화시켜 스트레스 호르몬 분비율을 높인다.

현대인의 뇌를 쉬게 하자는 의도로 2014년에 제1회 '멍 때리기 대회'가 시청 앞 잔디광장에서 열렸었다. 넋나간 사람처럼 '아무 생각도 하지 않는 상태'를 오래 유지하는 사람이 우승하는 대회였다. 이후 사찰이나 힐링센터에서 '멍 스테이'로도 활용하기도 했다.

우리에겐 가끔씩 멍 때리기가 정말 필요하다.

계속 쉬지 않고 당신의 뇌를 돌린다면 노화가 촉진되고 심한 경우에는 나의 경우처럼 뇌가 폭발하여 죽음에 이를 수도 있다. 스트레스가 지속되어 심해지면 환각, 환청, 망상 및 심한 정신분열의 증세가 나타나기도 한다. 이러한 과정을 경험한 나로서는 뇌를 쉬기 위한 부단한 노력을 해야만 했다.

당신의 건강하고 생생한 뇌를 위한 방법을 알아보자.

첫째, 머리가 아프면 잠시 눈을 감고 쉬어준다.

우리가 접하는 정보는 90퍼센트 이상이 시각정보를 통해서 들어오기 때문에 눈을 감는 것만으로도 뇌를 쉴 수가 있다. 스마트폰에서 컴퓨터에서 눈을 떼고 잠깐 눈을 감는 것만으로 뇌는 쉬게 된다.

둘째, 사무공간에서 잠깐이라도 걷는다.

머리로 쏠려 있던 기운이 발바닥으로 내려가면서 머리가 시원해진다. 걷기가 여의치 않다면 발끝 부딪히기 또는 무릎 부딪히기를 하여 기운을 내린다.

셋째, 단전에 집중하여 복식호흡을 한다.

복식호흡은 단전을 따뜻하게 하고 마음의 중심을 잡아주어 불안하지 않고 편안한 마음을 갖게 한다. 따뜻해진 장이 허리와 기순환까지 도와줘서 머리도 쉬게 된다.

넷째, 잠깐이라도 잠을 잔다.

수면 전문가이자 생리학자인 나다니엘 클라이트만이 생체리듬에 대해서 설명한 이론에 따르면, 90분간 일하고 잠깐 휴식을 취하는 이 생체주기가 인간이 일에 집중할 수 있는 효율적인 주기라고 한다. 십 분이라도 잠깐 수면하게 되면 뇌가 리뉴얼되면서 생기를 얻게 된다.

뇌가 새참을 먹는다라고 생각하면 된다. 작은 영양간식이 바로 이 '쪽잠'이다.

살짝 배고팠을 때 먹은 초콜릿 몇 알이 기운을 북돋아주는 것처럼 작은 시간의 수면은 당신의 뇌를 쉬게 해준다. 우리는 살면서 우리 몸이 무수히 보내는 신호를 대수롭지 않게 여겨 나중에 큰 일을 만나게 되면 '그때 내가 조금만 더 신경을 쓰고 살펴보았더라면 이렇게까지는 되지 않았을 텐데……'라며 후회해본 적이 있을 것이다. 1시간 빨리 가려다가 영영 늦어질 수도 있다.

자신의 몸에 관심을 가지면 가질수록 당신의 몸을 통제하고 관리하는 데 훨씬 수월해질 수 있다.

당신의 머리가 뜨겁다면 당장 시원한 바다를 찾아 휴가를 보내줘야 한다.

100세 시대 샤프하게 살고 싶다면 뇌 건강은 필수다!

혼밥, 혼술, 혼행 시대

뭐든 혼자서 해결해야 하는 시대가 도래했다. 각자도생의 시대!

밥도 혼자 먹고 술도 혼자 마시고 여행도 혼자 가고 영화도 혼자 보러간다. 오늘 아침 편의점에 가보니 혼자 사는 사람들을 위한 배려가 상품 곳곳에서 보인다.

도시락, 간식, 분식, 영양식까지 혼자 간단하게 해결할 수 있도록 사회 전반에서 혼자 사는 사람들을 위한 소비패턴이 확산되고 있다.

물론 과거에도 혼자 삶을 즐기는 사람도 있었지만 사회적 시선이 그리 곱지만은 않았다. 혼자서 밥 먹는 애는 사회생활을 잘 못하는 아이 또는 궁상떠는 아이로 생각하기 쉬웠다.

사회생활에서 자기 것 먼저 챙기거나 혼자 따로 무엇인가를 한다는 건 감히 생각할 수도, 있어서도 아니되는 금기사항이었다.

"모난 정이 돌 맞는다"라는 표현은 튀는 것보다는 모나지 않고 다른 사람과 잘 어울리는 것을 미덕으로 아는 한국인의 사회를 나타내주는 대표적인 속담이다.

언제부터인가 같이 만나야 하고, 얼굴을 마주보아야 하고, 떼로 몰려다니는 것보다 혼자서 빨리 해결하는 것이 더 생산적이고 효율적이라고 생각하게 되었다.

SNS문화가 일반화되면서 같이 있지 않아도 정보를 얻을 수 있고 문제를 해결할 수 있는 일들이 많아지면서 시간과 돈을 들여 함께하려 하지 않는다.

취업 난과 경제난도 혼자 생활하는 것에 대한 합리적인 이유를 더해 주었다. 자기 것을 해결 하기에도 버거운 세대, 함께하기에도 부담스러운 세대로 사회의 부정적인 측면이 부각되는 것도 홀로족이 늘어나는 이유 중의 하나이다. 근래에는 1conomy라는 신조어도 생겼다.

혼자 생활에 만족하며 그에 따른 소비활동을 추구하는 행위로 숫자 1과 경제를 뜻하는 economy가 합성된 단어이다. 혼밥, 혼술뿐만 아니라 싱글족을 위한 집, 음식, 놀이, 문화, 경제 전반에 소비시장을 주도하는 1인 가구를 위한 소비패턴이 더 확산될 분위기다.

2015년 기준 나홀로족은 27.7%까지 올라갔다.

앞으로 20년 후에는 4가족 중 1가족이 1인 가족 시대가 될 전망이다. 핵가족, 이혼, 조손부모, 싱글족 등 가족의 다변화와 결혼과

일 중심에서 벗어나 개인의 영혼과 삶을
주도적으로 만들어가야 하는 시대에 들어섰다.
그래서 개인적인 역량도 내 마음도 혼자서 돌볼 수 있어야 한다.

출산이 줄어들면서, 이제는 혼자라는 것에 대해 거부감이 점점 없어지고 있는 추세이다.

혼자서 잘 살고, 잘 놀고, 잘 쓰면 크게 문제될 것이 없다. 그러나 홀로족의 이유가 단순 경제적인 이유나 혼자 편의주의의 산물만은 아니다. 경쟁이 치열해지고 고령화가 가속화되면서 불안과 외로움 또는 우울증에 시달리는 사람들도 많다. 그야말로 한창 뜨거워야 할 나이에도 경제적인 이유로 또는 적극적 선택으로 혼자이거나, 저물어 가는 황혼 시기에는 어쩔 수 없이 혼자 사는 사람이 많아지고 있다. 독거청춘, 독거노인, 독거중년들이 부지기수다.

혼자이고 싶은 마음 안에는 어떤 심리가 숨어 있을까?

첫째, 더 이상 인간관계에 지치고 싶지 않은 마음이다.

내 마음을 감춘 채 남의 비위에 이리 맞추고, 저리 맞추고 진이 빠지는 여러 관계들에 염증이 날 때이다. 함께해서 좋을 때도 있지만 자신만을 위해 온전히 쉬어주고 케어해주고 싶은 마음이 더 강하다.

둘째, 둘이 하나보다 더 외롭기 때문이다.

외로워서 함께했는데 둘이 되어보니 상처만 남는다. 배려하는 마음보다 서로 배려받기를 원하기만 할 때는 차라리 혼자인 게 좋다. 우리라는 말에 휘둘리기 싫다. 우리라는 이름만 덩그러니 남아 있고 공유가 없다면 혼자가 좋다.

셋째, 혼자 살아도 불편하지 않다.

인터넷은 혼자 쇼핑하고, 놀고, 먹고, 함께할 수 있도록 최적화된 시스템이다. 이제는 혼자가 만들어가는 삶이 처량하거나 더 이상 루저의 삶이 아니다.

넷째, 자기의 문제는 스스로 해결하는 셀프 치유 시대이다.

인간은 사회적인 동물인 동시에 영적인 동물이다. 자신만의 세계에 몰입과 통찰을 필요로 한다. 누군가 대신해줄 수 없는 개인적인 문제에 대한 통찰과 깨달음을 구하기를 원한다. 인간은 그 시대에 가장 최적화된 삶을 추구한다. 함께하는 것이 더 이롭고 효율적일 때는 누가 요구하지 않아도 알아서 뭉친다. 사회에서 홀로족들에 대한 염려와 부정적인 시선으로만 볼 일은 아니다.

오랫동안 동양에서는 함께하는 문화여서 좋은 점도 많았지만 개인의 가치가 소외되는 시간이 길었다고도 볼 수 있다. 개인의 욕구가 희생되고 획일적인 사고와 조직문화 중심으로 인해 개인의 개성이 말살되는 것은 한 인간의 삶에서 보았을 때 불행이다.

이제는 나의 인생, 나의 일, 나의 가족에 더 많은 충족을 원하는 사람들이 늘고 있다. 혼자 해먹는 집밥 요리, 럭셔리 싱글라이프, 욜로족, 로봇 강아지, 말하는 라디오 등등 인생에서 큰 성공보다는 삶에서 만나는 소소한 일들에 애착과 행복을 느끼고 싶어 한다.

일 중심에서 벗어나 개인의 영혼과 삶을 주도적으로 만들어가야 하는 시대에 들어섰다. 그래서 개인적인 역량도 내 마음도 혼자서 돌볼 수 있어야 한다.

그러나 명심해야 할 것이 있다. 우리는 혼자이면서도 함께해야 한다. 혼자 있으면서도 함께할 수 있는 도구가 있기 때문에 셀프의 삶이 가능한 것이다. 서로의 지지대가 되어주기 때문에 홀로 설 수 있는 것이 인간이다.

그러기 위해서는 타인에 대한 건강한 관심이 있어야 건강한 혼자도 될 수 있는 것이다.

우리는 보이지 않는 그물망에서 저마다의 역할이 주어진 존재이자 서로 돕는 조력자이다.

배타적 이기주의가 아닌 함께하는 이기주의가 되기를 진심으로 기원해본다.

1인 행복 가치 시대

행복幸福 이란 말을 찾아보니 생활에서 충분한 만족과 기쁨을 느끼어 흐뭇함. 또는 그러한 상태라고 기록되어 있다. 그런데 충분한 만족과 기쁨을 느끼어 흐뭇한 경우가 살면서 얼마나 될까를 생각해보니, 그리 많지 않다. 그럼 난 불행한 걸까?

요즘 사람들의 입에서 행복이라는 말이 빠진 것을 본 적이 없다. 오늘도 '행복하세요'라는 문자를 거의 매일 주고받는다. 행복카페, 행복여행, 행복열차, 행복시대, 행복한 밥상, 행복학교, 행복주택, 행복택시……. 온통 행복이라는 단어로 긍정적인 느낌을 광고한다.

항상 행복하다는 게 가능할까? 행복이 이러저러 해야 해라는 특별한 조건만 없다면 항상 행복할 수 있다고 생각한다.

적당한 규격의 행복 패키지를 가지고 있어야 행복하다고 생각하는 사람이 많다.

집은 몇 평 정도 되어야 하고, 차도 있어야 하고, 재산은 어느 정도는 가지고 있어야 행복을 구현하기가 쉽다고 생각한다. 물론 의 · 식 · 주가 해결이 안 되어도 얼마든지 행복할 수 있어라고 주장한다면, 자본주의 경제에서는 수만 개의 악플이 달릴 각오를 해야 할 것이다.

행복은 다분히 주관적인 가치개념이다. 그래서 남이 정해줄 수도 규격 지어 줄 수도 없다. 다른 사람이 "행복은 초콜릿이다"라고 정의 했다면 나는 "행복은 바나나다"라고 얘기할 수 있다. 획일화된 가치에 우울감이나 비교 열등의식을 갖을 필요가 전혀 없다는 말이다.

어떤 철학자는 이렇게 말한다. 우리나라 사람들이 '행복 스트레스'에 시달리고 있다고 한다. 여기저기 상업 이기주의 도구로 부상한 행복이라는 단어가 사람들을 은근히 압박하고 있다고 말이다.

그래서 우리가 행복이라는 말에 너무 강박관념을 가지고 있지는 않는지 자기 자신에게 물어보라고 말한다. 하지만 오랫동안 인간은 행복을 추구하며 살아왔다.

행복의 가치도 시대에 따라 많이 변했다. 나의 행복보다는 국가의 행복이 먼저인 시대가 있었다. 그때는 혼자서 행복하자고 주장해서도 안 되었고 그런 말이나 생각을 했다가는 이기주의자, 반역자, 왕따가 되었다. 모두를 위해서 개인을 희생하는 그런 시대였

행복은 다분히 주관적인 가치개념이다.
그래서 남이 정해줄 수도 규격 지어 줄 수도 없다.

다. 그것이 최고의 선이라고 생각하며 기꺼이 자기의 행복을 단체에 기부했다. 나보다는 우리가 앞서는 시대에 늘 수식어처럼 따라붙는 것이 공동체의 행복이었다.

개인의 가치와 능력이 증대되면서 행복도 우리보다는 이제는 나의 행복이 중요한 시대가 되었다.

행복의 개념이 다양화되면서 삶의 다양한 부분을 개발시키고, 개성을 추구하며 살아가는 사람들이 많다.

특히 1인 가구가 급격히 늘어나게 되면서 혼자 사는 즐거움과 행복을 더욱더 추구하는 경향이 많아졌다. 다른 사람의 눈치를 보지 않아도 되고 의무는 작아지며, 권리는 누릴 만큼 누리는 1인 가족이 점점 늘어나고 있다. 혼자만의 삶을 방영하는 방송 프로그램이 언제부터인가 늘어나기 시작하면서, 이제는 1인 가족이 이상한 것이 아니라 이상적인 삶으로 생각되어질 만큼 보편화되고 있다.

혼자서도 충분히 행복할 수 있다는 것을 보여 주는 사람들이 늘어나고 있다. 그러다 보니 상대적으로 공동체를 위한 힘이 약화될 수밖에 없다. 자기만 생각하고 자기만 좋으면 그만이라는 생각이 많다 보니 눈살을 찌푸릴 일도 많아졌다.

우리는 혼자 살지만 혼자가 아님을 기억해야 한다. 개인은 공동체 속에서만 개인의 힘을 적극적으로 발휘할 수 있는 것이다.

모두가 행복해야 내가 행복할 수 있는 씨줄과 날줄의 꼭짓점이 바로 개인이기 때문이다.

그래서 모두가 행복하기 위한 실천을 제시해본다.

첫째, 행복하기 위해서는 다른 사람이 정해놓은 행복의 커리큘럼을 따라가지 않는 것이다.

나만의 인생 커리큘럼을 만들어보자. 규격화된 행복 패키지는 과감히 잊어버려라. 늘 타인의 기대를 맞추려고 하는 것 때문에 불행한 것이다. 행복해 보이려고 하지 말고 진짜 행복해져라.

둘째, 지금의 자기 상태를 그대로 받아들이는 것이 행복의 시작이다.

행복幸福이라는 글자의 '幸'은 다행 행 자이다. "다행이다"라는 말이 있어서 정말 다행이다. 지금의 상태를 긍정적으로 해석할 수 있는 마음이 행복이다.

"나이가 들어서 참 다행이야", "청소할 공간이 작아서 참 다행이야", "혼자 할 수 있게 되어서 참 다행이다."

신기하게도 다행이라는 말을 넣으면 모든 것이 이로운 것으로 해석되니 이것이 행복한 상태가 되는 것이다.

자기를 부정하면 할수록 행복은 더 멀리 달아나기 시작한다. 자신의 생김새가 어떻든, 사는 정도가 어떻든, 열등감이나 수치심을 가지지 않는 자세가 필요하다.

오늘부터 '다행이다'라는 문장을 넣어서 이야기해보자. 지금의 상태를 인정하기 시작할 때 지금보다 나은 삶을 위한 진지한 노력이 시작된다.

셋째, 행복해야 한다는 강박으로부터 자유로워져라.

인생은 희로애락의 반복이다. "늘 행복하세요"라는 말은 삶의 리듬에 맞지 않는 말이다.

늘 행복해야 한다는 강박관념이 오히려 불행한 생각을 끼어들게 만든다. 인생에 오는 모든 손님들을 기꺼이 맞아들이는 자세가 필요하다. 불행이 왔을 때에도 이것이 지나가면 행복이 보이겠구나를 생각하면 그리 조급하지 않게 된다.

그리고 행복할 때 불행한 순간을 생각할 여유가 있다면, 지금의 행복에 잘난 척하거나 들떠 있지 않을 것이다. 어쩌면 오면 오는 대로, 가면 가는 대로 무심하게 바라볼 수 있는 마음의 힘이 있을 때, 우리는 진정한 행복감을 느낄 수 있다.

넷째, 공동체를 위한 행복이 곧 나의 행복이다.

어느 유명한 스님의 일화가 있다. "이 생애 남을 위해 살고 극락왕생할 수 있다면 기꺼이 그렇게 하겠다"고 마음을 먹고 평생을 중생을 위해 다니는 분을 보았다. 실재로 타인을 행복하게 하려고 했는데 그분이 유명해지고 더 풍족한 삶이 되었다.

나와 타인을 구분짓지 않은 스님만큼은 아니라도 우리는 주변의 단 한 사람이라도 행복하게 할 수 있는 능력을 가지고 있다. 주변에 사람들이 행복한 사람이 많아야 나도 행복해질 확률이 높아진다.

결국 행복은 내가 만들어가고 창조하는 것이며, 어느 누구와 같아질 수도 없고 동일할 필요도 없는 것이다. 자신의 모습을 인정하고 보듬어주며, 성장을 위해 노력해갈 때 타인에게도 나에게도 잣대를 들이대지 않게 된다. 모든 순간이 행복이라고 받아들이면 지금 이순간부터 당신은 행복하다.

이제 행복 스트레스에서 벗어날 때다.

인간은 몸의 신호만 잘 따르면 스스로 치유될 수 있게 설계가 되어 있는 존재이다. 피곤해지면 졸게 되고, 배고프면 배꼽시계가 울려주고, 마음이 아프고 괴로우면 슬픔의 감정을 꾹꾹 짜서 눈물샘으로 보내주니 말이다. 그런데 몸의 신호를 무시하고, 차단하고, 모른 체하는 사람들이 많다. 바쁘다고, 무서워서, 인정하기 싫어서, 회피하려고 몸에서 보내오는 신호를 흘려듣는다.

3부

나는 나를 안아주기로 했다

나는 자연인이다.

나를 회복하는 방법에는 여러 가지가 있다. 그중에 자연 속에서 나를 찾는 방법은 무리함 없이 고통을 적게 느끼면서 회복하는 방법 중의 하나이다.

내가 '나'를 잃어버렸을 때가 있었다. 그 경험이 현재 심신치유사로 활동하게 된 큰 이유 중 하나인데, 그때 '나'를 찾기 위해 달려갔던 곳이 바로 '자연'이었다.

내가 택한 곳은 넓은 바다와 낙조가 있는 곳 '변산'이었다. 몇 시간을 달려 도착한 곳은 작은 오솔길이 시작되는 변산국립공원에 위치한 조그만 마을이었다. 사실 큰 생각이나 의지가 있어서 변산을 갔던 것은 아니다. 지인이었던 스님의 제안대로 요양생활을 변산에서 시작했을 뿐이다.

스님이 가는 방향도 모르고 그냥 그 뒤꽁무니를 밟기만 했다. 바윗길을 따라 가파른 언덕을 넘으니 꽃봉오리에 담긴 집 한 채가 희미하게 보였다. 깜깜한 숲속인 줄 알았는데 옛날에 마을이 있었던 듯 집터가 여기저기 있었다.

이곳은 40년 전에 수십 가구가 살았던 마을이었는데 전기가 아랫마을까지만 들어오자 사람들이 하나둘씩 이사가면서 지금은 한 가구만 살고 있다고 했다. 할머니 할아버지 내외분이 살고 있는 이 집에 들어서자 예전에 와본 듯 편안하고 어색하지가 않았다.

스님하고 아주 오래전부터 알고 계신 듯 편하게 이야기를 주고받으셨다. "야가 많이 아파서 산속에서 당분간 요양생활을 해야 하니 잘 부탁합니다"라는 스님의 부탁을 받은 할머니는 익숙한 듯 나를 아주 편하게 대해주었다. 내가 기거할 방은 행랑채로 등산객들이 오고 갈 때마다 필요하면 내주었던 방인데 불을 때는 온돌방으로 천정이 낮고 제법 넓은 곳이었다.

6개월간 사찰 공양간에서 지내고 온 터라 민간인 집은 조금 자유롭게 생활할 수 있었다. 난생처음 전혀 다른 공간에서 생활이 시작되었지만, 나는 무섭거나 불편하기보다 번잡하고 신경쓰지 않아도 되는 도시생활을 벗어난 것이 편안하고 좋았다.

스님은 "너는 지금 사회생활을 벗어나 자기 수행을 해야 몸이 좋아진다"며 숲속 할머니, 할아버지에게 남겨두고 서울로 올라가셨다. 그렇게 나의 산속 생활은 시작되었다.

내가 이곳을 찾아간 것은 더운 여름이었지만 저녁만 되면 산바람이 차가워 이불을 덮고 자야 할 만큼 추웠다. 불을 때면 방바닥 사이로 연기가 삐져나오고 담벼락 사이로 연기가 꼬물거리며 나오는 허술한 곳이었지만 대도시에서는 맛볼 수 없는 정겨운 느낌이다.

따듯한 아랫목에 누워 있으니 별별 생각이 다 났다. 긴긴 산속 밤은 칠흑 같이 어둡고 적막했다. 24시간 생각이 멈추지 않는 나의 머리는 새벽이 다 되어야 지쳐서 겨우 1~2시간 잠을 잘 수 있었다. 아침에 일어나자마자 멀뚱멀뚱 마루에 걸터앉아 있으니 산에나 다녀오라고 할머님이 말씀하셨다.

그날로 나는 매일 산행을 시작했다. 길이 어디인지도 모르지만 산을 오르면 한 시도 쉬지 않은 생각을 좀 멈출 수 있었다.

이른 아침 산속의 아침은 깨끗하고 고요하다. 신발 뒤꿈치에 이슬과 범벅이 된 흙이 가끔씩 내 바짓가랑이에 묻는 게 기분 좋다. 풀섶을 가르며 한발 한 발 디뎌본다. 한번도 가보지 않은 길을 성큼성큼 올라가보았다. 내려다보니 할머니 집이 자그맣게 보였다.

눈은 이곳에 있지만 마음은 아직도 과거의 기억 속에 그대로이다. 폭풍같이 지나갔던 충격적인 기억이 아직도 나의 뒤꼭지 목줄기로 나무가 열 개는 심어져 있는 듯 고통스러운 기억이 계속 머리에서 떠나지를 않는다.

뿌리를 내린 듯 내 머리는 빳빳한 돌덩이마냥 딱딱하다. 왼쪽 머리는 부어오른 듯 오른쪽과 크기가 다르다. 어느 날 단체로 명상을 갔다가 머리가 열린 경험을 했다. 산과 하늘이 우르르 쾅쾅 나무뿌

자연이 주는 편안함은
사람의 마음을 위로하는 힘이 있다.

리가 수십 개가 뽑혀지더니, 나와 지구가 한 몸이 된 듯 모든 것이 하나처럼 느껴졌다.

이후 빠르게 닫혀버린 머리는 시간과 공간을 구분할 수 없는 지경에 이르고, 그날부터 난 이상한 사람이 되어 있었다. 멍하니 먼 곳만 바라보고 어떤 것에도 집중을 하지 못하고 악몽과 가위눌림으로 잠을 잘 수가 없었다.

밤새도록 방안을 돌며 무어라 중얼거리고 두려움에 떨며 비명을 지르고 어떨 때는 이불을 뒤집어쓰며 살려달라고 울었다.

'난 이제 끝이구나. 내 인생은 50%는 포기하고 살아야 하는 건가?'

쪼그라든 나의 영혼의 흐느끼는 소리가 몸 구석구석 메아리치고 있었다. 하늘 같이 높았던 자존감은 온 데 간 데 없어지고, 수치심과 분노와 열기로 가득한 가슴은 답답하고 아팠다. 그냥 입을 벌리고 날숨을 쉬는 것이 유일하게 몸을 덜 아프게 하는 것일 뿐, 마음이 과거로 달려가면 달려갈수록 머리는 깨질 듯이 조이고 아파왔다.

서울에 있을 땐 가족들의 걱정어린 시선과 한숨에 무거워지는 마음과 더불어 온전히 내 몸과 마음은 자유롭지 못하고 안절부절했다. 온통 산으로 둘러싸여 있는 이곳은 다른 사람의 시선이나 눈치 보지 않아서 좋았다.

아침이 되면 창문 가득 햇살이 들어와 잠을 깨우고, 밤이 되면 은은한 달빛이 나를 편안하게 만들어주었다. 지금도 산 허리에 둥그러니 걸려 있던 달빛의 오묘한 아름다움을 잊을 수가 없다.

자연이 주는 편안함은 사람의 마음을 위로하는 힘이 있다. 주고받고를 원칙처럼 하고 사는 사람의 이해관계를 벗어나, 늘 주기만 하는 자연과 교감할 때 거칠었던 내 마음도 어느새 조금씩 순해지고 있었다.

시간이 늘어난 듯 느림보 산속 생활은 뜀박질하는 심장을 천천히 제자리로 돌려놓고, 불규칙했던 호흡도 깊고 천천히 만들었다.

딱딱한 아스팔트를 벗어나 지기와 천기를 받는 산속 생활은 인간이 오랜 세월 맞춰왔던 자연의 리듬으로 돌아가게 해주어 건강을 회복하게 한다.

풀과 나무 흙 ,바람, 햇빛, 달빛 이 모든 것이 당신을 치유하는 최고의 재료들이다.

회복 액션플랜

전혀 다른 공간으로 이동해보기 : 한 번도 가지 않았던 공간에서, 낯선 사람 속에서, 익숙지 않은 공간과 패턴 속에서, 평소에 주변 시선을 의식했던 상황을 벗어나면 진정한 나를 만날 수 있다. 주변 지인의 도움을 받아 안전하지만 가장 낯선 공간으로 나를 보내보자.

회복 액션플랜

자연의 리듬에 맞춰 살아보기 : 환한 TV 불빛에서 잠이 들고, 깜깜한 새벽에 빛도 보지 않고 출근길을 서두르는 우리는 자연이 우리에게 주는 시간의 흐름을 거스르고 살고 있다. 자연이 우리에게 자연스럽게 심어놓은 생체 시계에 맞춰서 살아보자. 햇빛을 느끼며 잠을 깰 때 아침이 주는 소중함을 느낄 수 있을 것이다.

원점을 회복하다

누구나 몸과 마음이 약해질 땐 마치 종이 기둥에 기댄 것처럼 늘 불안하고 걱정이 많아진다.

발등에 불이 떨어질 만큼 다급하고 힘든 일이 인생에 일어났을 때 당신은 어떻게 할 것인가?

어디로 가야 할지 방향감각도 없어지고, 무엇부터 해야 되는지 도대체 알 수 없을 땐, 어떻게든 쉬운 방법으로 해결하고 싶어하는 것이 사람 마음이 같다. 그러나 인생의 조연이 아니라 주인공으로 살아가고 싶다면 당당히 혼자서 인생고개를 넘어볼 것을 제안한다.

지금 생각해보면 인생에 '점핑'이라는 것은 거의 없는데도 불구하고 나는 어려운 과정은 건너뛰려고만 했다. 내게 닥쳐온 시련을 하나둘씩 분석하고 해결하려고 하기보다는 당장 그 상황을 모면하려고 했으며 어려운 상황을 타인에게 의지만 하려고 했다.

몸도 마음도 만신창이였지만 목구멍이 포도청이라고 당장 돈을 벌어야만 했던 나는 이제 막 새로 설립한 조그만 여행사에 들어가게 되었다. 아직도 몸은 무겁고 생각은 멍한 채로 물 먹은 종이마냥 무겁기만 해서 무기력증에 걸린 듯 아무것도 눈에 들어오지 않았다.

그저 하루하루가 지루하고 빨리 지나가기만을 기다리고, 밤이 되면 아무 생각 없이 눈을 감고 자는 것이 무수한 번뇌를 잊어버릴 수 있는 유일한 방법이었다. '어떡하면 이 갑갑한 현실을 벗어날까, 떠나고 싶다, 살고 싶지 않다'라는 생각만이 내 마음에 가득했다.

여행 티켓을 발권하는 업무를 하고 있었던 나는 스페인 사는 고객님과 자주 메신저를 하게 되었다. 스페인에 한번 오라는 인사의 말을 나는 진짜로 듣고 싶었다. 그래서 가겠다고 했더니 티켓을 끊어주었다. 난 그 길로 회사를 그만두고 스페인 여행길로 올랐다. 그리고 다시는 돌아오지 않겠다는 생각으로, 어찌되든 상관없다는 생각으로 급하게 가방을 쌌다. 죽더라도 유럽 여행 한번 하고 죽고 싶었다.

10시간 이상 비행기를 타고 마드리드 공항에 내렸다. 하나둘씩 제 갈 길을 가고 있는 사람들 사이로 한참을 기다려도 나를 찾는 사람이 없었다. 거의 혼자 남아서 기다리고 있을 때, 기둥 뒤에 누군가가 나를 보고 있는 것이 보였다. 저 사람이 맞아야 될 텐데 가

•

세상이 이리 넓은데 죽긴 왜 죽겠다는 생각을 했을까 싶고,
멋지게 살아보고 싶은 생각이 들었다.

까이 다가가 인사를 하며 물었다. 키가 크고 후리후리한 그 남자는 어색한 것을 감추며 나를 자기 차로 안내했다. 시원하게 열린 오픈카를 타고 석양진 스페인 하늘을 바라보며 달리는 내가 정말 무엇이라도 된 듯 꿈을 꾸는 것 같았다. 한국을 벗어난 것만으로 가슴이 뻥 뚫렸다. 내 손을 꼭 잡고 앞으로의 희망을 약속하는 말을 나는 철석같이 믿고 싶었다. 아니 믿었다.

돈키호테 이야기에 나왔던 안달루시아 언덕을 넘어가는 나는 '인생의 새로운 기회가 온 건가?'하는 희망에 부풀어 있었다. 이 남자가 내 수호천사일 수도 있겠다는 생각이 들었다. 집에 도착하자마자 방을 소개해주고 볼일이 있다며 나간 후 한참을 기다려도 오지 않았다. 그런데 창문을 내다보니, 그가 한참을 서성이고 왔다 갔다 하는 게 보였다. 좀 있다 들어온 그는 피곤할 테니 자라며 안내를 해주곤 서둘러 자기 방으로 들어가버렸다.

다음 날 아침 그는 급하게 한국에서 연락이 왔다며 출장을 가야 한다고, 나한테 한국에 돌아가라고 하지 않는가. 내 티켓은 날짜 지정이 확정된 것이라 변경을 하지 못하는 것이었다. 그는 나 보고 혼자서 스페인 구경을 하라고 하면서 마드리드에 호텔을 잡아주고 나 혼자 버스를 태워서 보냈다.

떠나 보내면서 그는 나에게 말했다.

"아무리 폭풍우가 몰아쳐도 떨어지지 않는 사과가 있어. 왜 그런 줄 알아? 강하기 때문이야! 잠시 태풍이 분다고 떨어지는 사과가 되지 마! 독하게 살아."

그리고 나를 쫓아내듯이 마드리드로 보냈다. 수치심과 굴욕감에 눈물을 흘리며 나는 4시간 동안 버스를 타고 멍하니 밖을 바라보고 있었다. 따끈따끈한 햇살이 올리브 나무 위로 쏟아지고 있었다. 끝없이 펼쳐지는 올리브 농장들이 너무 아름다워 한동안 입을 벌리고 감탄사를 연발했다.

'이렇게 아름다운 곳도 있구나!'

수치심과 굴욕감으로 우울했던 나는 금세 환해졌다. 세상이 이리 넓은데 죽긴 왜 죽겠다는 생각을 했을까 싶고, 멋지게 살아보고 싶은 생각이 들었다.

그리고 다시는 남자한테 의지하고 살 생각을 하지 않고 독립적으로 살아낼 거고, 반드시 성공해서 스페인에 다시 올 거라고 생각했다.

'두고 봐라 나쁜 놈!'

어느새 마드리드 도착한 나는 택시를 타고 호텔을 당당하게 찾아갔다.

무언가를 세게 얻어 맞은 듯 그 남자의 말, "강하게 살아! 강하게 살아! 강하게 살아!"라는 말만 메아리처럼 내 머릿속을 빙빙 맴돌았다. 그리고 이제 더 이상 갈 곳도 없는데 계속 도망가기만 하고 있는 내 모습이 안쓰럽게 느껴졌다.

내가 서 있는 이곳이 낭떠러지인데, 한 발만 뒷걸음질치면 죽음인데, 계속 나는 한 발 내디딜 용기를 못 내고 있었다. 아니 그 고단한 과정을 한 단계 한 단계 올라가고 싶지 않았던 것이다. 괴로운 것은 내 것이 아니라고 피하고 피했지만, 돌아오는 건 초라한 현실이었다.

한국으로 돌아온 나는 유럽여행사에 취직을 하고 스페인을 꿈꾸기 시작했다. 여전히 악몽과 불안감으로 힘든 나날이었지만 스페인 사건은 지금까지 마음이 해이해질 때마다 나를 불끈불끈하게 한다.

인생에서 성공한 사람들을 보면 그 자리에 서기까지 역경의 시간들이 늘 존재한다. 원석을 보석으로 가공하기까지의 수많은 시도와 노력들이 필요하듯이 한 사람을 성공으로 만들기 위한 일련의 과정들은 어쩌면 자기를 끝없이 수련하는 수행의 시간일지도 모른다.

수행은 사람을 변화하게 만든다. 더 깊은 이해심과 인내심, 그리고 겸손함, 통찰력이 생길 때까지 자기의 모자라고 어눌한 부분을 다듬고 다듬는 시간이 반드시 필요하다.

나 또한 스스로를 포기하지 않고 버텨온 것에, 노력한 것에 감사한다. 타인에게 내 인생을 맡기려고 하지 않고, 초라해도 내 힘으로 인생의 먼 길을 걸어가고 싶다. 아니 걸어가야 하고, 나는 걸어갈 수 있다.

어린아이가 한 발 한 발 내딛고 달려갈 수 있을 때까지 무수한 넘어짐이 필요하듯이 잠시 비틀거리고 넘어진다 해도 포기하지 않고 내 힘으로 다시 일어나 걸어갈 것이다.

나는 나의 잠재력을 믿는다.

회복 액션플랜

초라해도 당당하게 혼자서 가라 : 혼자서 가는 길이 무섭고 위험하고 힘들지라도 더 큰 자유와 행복을 원한다면 자신을 믿고 조급한 마음을 버리고 한 계단 한 계단 혼자서 가라. 함께 가는 길이 당분간은 쉽고 편할지 모르지만 언제 그들과 헤어져야 할 시간이 올지 모른다. 자신의 힘으로 인생을 걸어가라.

초라해도 괜찮다

마음이 가장 힘들 때가 언제일까?

그것은 자기의 현실을 스스로 인정하지 못할 때이다.

받아들이지 못하고, 외면하고, 미뤄두고, 감춰둘 때 삶은 무겁고 늘 겉돌게 된다.

지금 당장 가벼워지고 싶다면 스스로를 쿨하게 받아들이는 것이다. 문제는 인정해버리면 더 이상 문제가 아닌 게 된다.

사실 거울 속에 그대로 드러나는 주근깨, 주름살을 인정하고 싶어하지 않는 여자의 마음만큼이나 자기의 초라한 현실을 쿨하게 인정하기가 만만치 않다. 이미 변해버린 환경과 조건에 적응해야 하는 현실임에도 계속 과거와 비교하고 있다면 현실과는 거리가 먼 자기 자신을 더 오래 마주보아야 한다. 역경을 받아들이며 과거를 툭툭 털어버리고 앞만 바라보며 달려갈 수 있는 사람은 더 빨리 행복해질 가능성이 많은 사람이다.

과거의 기억에서 빠져나오는 것이 나는 정말 힘든 일이었다. 인생에 한번 경험해볼까 말까 하는 머리가 열리는 경험 이후 5~6년 정도는 정말 뚜껑 열린 사람처럼 제정신이 아니었다. 똬리를 튼 것처럼 머릿속의 뇌회로가 서로 다른 위치에 스위치가 꼽혀 있는 듯 내 몸은 현실에 적응을 하지 못했다.

몸이 붕 떠 있는 것처럼 생각은 늘 과거의 기억으로 쫓아가고 있었다. 그러면 그럴수록 초라한 현실은 더욱더 가중될 뿐이었다.

전국을 다니던 중 기억나는 곳, 목포 항구는 비린내가 진동하고 손님들을 기다리는 알록달록 화려한 간판이 즐비한 식당들이 참 많았다. 가장 눈에 띄는 목포 먹갈치조림을 시켰다. 늘 따듯한 밥, 최고의 밥상을 챙겨주시는 스님은 따듯한 눈으로 먼발치서 항상 바라보고 계셨다.

"곧 좋아질 거야, 걱정 마라! 근심이 많으면 빨리 늙는다."

그러시며 무엇을 하든 큰소리치거나 잔소리를 하시지 않았다.

몸은 늘 다른 곳을 여행하고 있었지만 머릿속은 과거에 여전히 머물러 있었다. 보통사람 같으면 새로운 곳에 가면 구경하느라 정신이 없는데, 나는 아주 잠깐 현실로 돌아올 뿐 이내 멍해지고 다른 생각에 잠겼다.

목포에서 제주도 가는 배는 5시간 가까이 걸린다. 평일이라 그런지 탑승하는 사람들은 거의 없다. 일반실, 1인 침실, 가족 침실,

VIP실 다양하게 있지만, 수십 명이 한번에 들어갈 수 있는 널따란 방에 배정받았다. 아무도 없다.

창문 밖으로 검푸른 바다가 보인다. 알록달록 촌스런 장판이 낯설기도 했지만 바다 한가운데 있다는 생각을 하니 기분이 묘했다. 갑판 위에 올라가니 시원한 바닷바람이 온몸을 부채질한다.

어느새 뉘엿뉘엿 해가 서쪽으로 넘어가고 있었다. 멀리 검붉은 석양을 보니 서러운 생각이 올라와 눈물이 왈칵 쏟아진다. 좋은 곳을 가도, 좋은 것을 먹어도, 현실에 통합되지 못하는 내 마음과 몸은 두꺼운 갑옷을 입은 듯 갑갑하고 시원하지가 않았다. 그냥 몸은 계속 울어댔다.

'나 너무 힘들고 아파요! 언제까지 이렇게 살아야만 하나요!'

두 발로 걷고 있지만 내 발이 아닌 것 같고, 몸을 움직이고 있지만 내가 아닌 것 같은, 보이지 않는 철창 속에 살고 있는 이 느낌이 '너무 힘들어요' 소리치고 싶지만 목소리가 안 나온다.

어찌해볼 수도 없는 내 자신에게 끓어오르는 분노가 넘쳐 울어도 울어도 시원하지가 않다.

도저히 지금 내 모습을 받아들일 수 없다. 내가 누군데, 내가 왜, 이런 일을 당하고 있어야만 하냐며 계속해서 원망의 눈물이 나올 뿐이었다.

밤을 꼬박 새운 사이, 배는 제주도에 닿아 있었다. 오랜만에 와 보는 제주도! 깨끗한 공기와 맑은 바람과 따듯한 햇빛이 기분 좋

어느새 뉘엿뉘엿 해가 서쪽으로 넘어가고 있었다.
멀리 검붉은 석양을 보니 서러운 생각이 올라와 눈물이 왈칵 쏟아진다.

다. 나는 '지금, 여기에, 왜, 와 있나'라는 생각들이 문득 올라왔지만 내 인생의 여정 중 한 부분이라 생각하며 돌담길을 걸었다. 스님과 내가 향한 곳은 '약천사' 절이었다.

예전엔 사철약수가 마르지 않은 곳이어서 많은 분들이 몸조리를 위해 다녀갔다는 기록이 있었다. 유학자 김형곤 선생도 신병 치료차 이곳에 왔다가 100일 기도를 올리고 건강을 회복하여, 부처님의 은혜에 보답하기 위해 약수암을 짓고 수행 정진하다가 이곳에서 입적을 하셨다 한다.

이런 사실도 모르고 단지 제주도 여러 절 중에서도 동양 최대의 비로자나불이 모셔져 있다고 해서 왔는데 제대로 찾아오긴 한 모양이다. 나는 매일 새벽예불과 기도를 했다. 큰 비로자나불 부처님의 얼굴을 올려다보려면 머리를 한참이나 뒤로 젖혀야 할 만큼 높이 계시는 비로자나불의 마음에 닿고 싶어 간절히 기도를 했다.

기도를 할 때만큼은 마음을 내려놓고 겸손해졌지만 그 순간을 지나면 자폐증에 걸린 사람마냥 자신의 성을 만들고, 불쑥불쑥 아직도 나를 내려놓지 못하고, 원망하고, 부정하는 나는 나만의 세계에서 빠져나올 줄 몰랐다.

자신의 현실을 인정하지 못하는 이유가 무얼까 생각해본다.

첫째, 두려움 때문이다.

현실의 고통과 맞서기가 두렵기 때문이다. 과거의 따듯하고 편안했던 곳으로 자기의 마음을 옮김으로써 현실을 부정하고 회피하고 있는 자신을 인정하고 싶지 않아서이다.

둘째, 과거의 경험했던 감각이 너무 강력해서 지우는 것이 시간이 걸리기 때문이다.

우리의 뇌는 꼭 필요한 것만을 기억하는 경향이 있다. 그래서 위험했던 순간을 잊어버리지 못한다. 수십 년이 지나도 특별하게 각인된 기억은 뇌에 고스란히 남아 있다. 생존을 위해서는 똑 같은 반복을 하지 않기 위해 뇌는 그 순간을 기억한다.

셋째, 현실에 발을 두고 있지 않을 때 더 심해진다.

자신이 할 수 있는 것부터 차근차근 해나가야 한다. 몸과 마음은 반복하면 적응을 하기 시작하고 인식하기 시작한다. 계속 마음이 과거로 간다면 지금 당장 내가 해야 할 일이 무엇인지 체크해 보아야 한다.

조그만 일부터 할 수 있는 일을 찾아라. 현실에 참여할 수 있을 때 내 몸도 현실에 마음을 두기 시작한다. 그때는 하루 빨리 과거에서 벗어나고 싶어서 현실을 벗어났다. 그런데 현실에서 멀어질수록 과거로 더 빨리 닿았다. 나를 힘들게 하는 기억과 감각을 잊어버리고 싶다면 새로운 감각으로 자극해야 한다.

나쁜 사람으로 힘들었다면 좋은 사람을 만나야 회복되고, 회복할 수 없는 기억으로 고통받고 있다면, 지금 발을 딛고 있는 이 공간에서 긍정적인 경험을 계속 만들어나가야 한다.

내 고통이 점점 더 약해지도록 끊임없이 자신에게 사랑을 부어 주어라. 흘러 넘쳐서 더 이상 필요하지 않을 때까지……. 당신은 어느새 현실에 적응하고 있는 사람이 되어 있을 것이다.

회복 액션플랜

있는 그대로도 괜찮다라고 말하기 : 더 이상 바꿀 수 없고 해결할 수 없는 상황이라면 현실을 그대로 인정하는 것부터 치유가 시작된다. 스스로에게 말해주자. "있는 그대로도 괜찮아! 괜찮다"라고 말하면 더 이상 문제가 아닌 게 된다.

쉬운 것부터 현실에 적응하기 : 작은 것부터 성공하자. 작은 성공은 자신을 믿게 되는 디딤돌이 되고, 큰 성공을 위한 내공이 된다. 조금씩 조금씩 단계를 올려라. 당신의 몸과 마음이 현실에 적응할 때까지 쉬운 과제로 자신감을 키워라.

마음을 비우다

평소에 당신은 슬플 때나 기쁠 때 어떻게 표현하는가? 한국인들의 정서적 표현방법이 많이 좋아지고 다양해지기는 했지만, 여전히 습관적으로 정서적 억압이 생활화되어 있다.

이런 정서적 억압은 생리기능에 장애를 일으키고, 머리와 옆구리가 아프고, 가슴이 답답해지며, 잠도 잘 자지 못하는 '화병'을 만들기도 한다.

건강을 염려하는 사람이라면 시시때때로 변화하는 감정을 잘 관찰하고 표현해주는 연습이 필요하다.

평소에 슬픈 영화나 드라마, 소설 등을 읽으며 웃거나 눈물을 흘리는 것은 감정을 밖으로 드러내는 건강한 방법이다. 남의 눈치보기나, 환경 때문에 몸과 마음의 신호인 감정을 억압하는 것은 악취나는 쓰레기통을 비우지 않고 있는 거나 마찬가지이다. 가능한 당신의 감정을 알아차리고 발산하면 좋다.

특히 당신이 남자이고 감정을 잘 표현하지 못하는 직업이라면 더욱더 자신의 감정을 알아주어야 한다. 억누르고 사용하지 않으면 감정은 둔화되고 퇴화된다. 당신의 몸에서 느끼는 직감을 믿을 필요가 있다.

특히 감정을 담당하는 뇌의 기능에 문제가 생기면, 나중엔 감정이 혼란을 겪게 되거나 몸을 회복하는 능력이 떨어질 수도 있다. 심장 기능, 혈압, 호르몬, 소화계, 심지어 면역체계 등 대부분의 생리현상을 조절하는 것이 감정뇌이다. 우리가 스스로의 감정을 잘 조절하고 관리할 때 우리의 몸은 더욱 건강해질 확률이 높아진다.

중년이 되면서 점점 감정이 풍부해지는 것 같다. 드라마를 보다가 준비도 없이 순식간에 눈물이 빙그르르 차오르며, 콧물까지 흐느끼며 울게 되는 경우가 많다.

대에는 약해 보이지 않으려고 안간힘을 쓰며 눈물을 꾹꾹 참으며 살았다. 울지 않는 것이 어른이고, 강한 것이며, 이상적인 모습이라고 생각했다.

인간은 몸의 신호만 잘 따르면 스스로 치유될 수 있게 설계가 되어 있는 존재이다. 피곤해지면 졸게 되고, 배고프면 배꼽시계가 울려주고, 마음이 아프고 괴로우면 슬픔의 감정을 꼭꼭 짜서 눈물샘으로 보내주니 말이다. 그런데 몸의 신호를 무시하고, 차단하고, 모른 체하는 사람들이 많다. 바쁘다고, 무서워서, 인정하기 싫어서, 회피하려고 몸에서 보내오는 신호를 흘려듣는다. 아니 표현하고 싶지만 꾹꾹 눌러두고, 쌓아두는 것이 습관이 되어버린 사람이 더 많다.

나 또한 억울하거나 힘들면 쏟아내기보다 꽁꽁 감추어두고 쌓아두었다. 그러다 보니 내 가슴은 조금만 눌러도 악 소리가 날 만큼 아프고 막혀 있었다.

변산에 온 이후로 눌러 놓았던 감정들이 나도 모르게 하나 둘씩 삐져나왔다. 문득 산을 오르다 깨진 돌멩이를 보다가도, 메말라 부러진 나뭇가지, 떨어진 낙엽의 초췌한 모습만 보아도 지난날들의 내 모습 같아 눈물이 나왔다. 뭐가 그리 서러운지 소리 내어 엉엉 울었다. 어떨 땐 하늘이 무너져라 땅을 치며 통곡을 할 때도 있었다. 산속에서의 곡소리가 메아리치며 다시 나에게 그대로 되돌려주었다.

30대 한창 일할 나이에 홀로 산속에 들어와 울고 있는 내가 불쌍해서 눈물이 나고, 아무것도 할 수 없는 아픈 내 자신이 한심해서 눈물이 나고, 과거의 모습으로 돌아갈 수 없다는 안타까움이 나를 통곡하게 했다.

오랫동안 좌절로 애써 닫아버렸던 눈물샘과 말문이 열렸다. 하늘에 대고 소리쳤다.

"살려주세요, 잘못했어요. 잘못했어요. 잘못했어요."

그냥 빌고 또 빌었다. 실컷 울고 나니 답답하고 조여왔던 가슴

중년이 되면서 점점 감정이 풍부해지는 것 같다.
드라마를 보다가 준비도 없이 순식간에 눈물이 빙그르르 차오르며
콧물까지 흐느끼며 울게 되는 경우가 많다.

이 조금씩 풀리기 시작하고 돌덩이처럼 굳어 있던 머리가 울고 나면 시원해서 좋았다. 실컷 울고 나면 눈물이 마를 줄 알았는데, 슬픔의 메아리는 1년이 다 되도록 그칠 줄을 몰랐다. 그동안 말 못하고, 억울하고, 화나고, 수치심에 힘들어서 쌓아놓은 감정이 한꺼번에 시위라도 하는지, 나는 매일 잘못 먹은 음식을 토해내듯 후회와 한탄과 좌절, 원망의 슬픔을 토해내고 있었다.

슬픈 영화를 보고 대성통곡을 하고 나면 멍해지고 나른해지는 느낌을 받는다. 이런 기분을 아리스토텔레스는 '카타르시스'라고 했다. 마음속에 있던 묵어 있던 감정들이 밖으로 분출하여 정화되고 깨끗해지는 현상이다. 그래서 눈물을 흘리고 나면 복잡한 생각들이 정리되고 자신의 부정적인 감정까지 함께 흘려보내게 된다. 충분히 흘려보내고 비었을 때 비로소 새로운 생각들이 들어설 준비가 되는 것이다.

부안에 가면 매일 산을 오르고 울었던 바위가 있다. 나는 그곳을 '눈물의 언덕'이라고 부른다. 내 마음속을 새카맣게 태워버리는 분노와, 미움, 질투, 화의 독소들이 잘 떠내려갈 수 있도록 자신에게 울 수 있는 공간을 마련해주어야 한다.

정호승 시인의 말처럼 살아간다는 것은 어쩌면 매일 매일 독을 버리는 일인지도 모른다. 더 이상 내 마음에 독이 남아 있지 않도록 삶의 순간순간 해독의 시간을 맞이하자.

회복 액션플랜

울고 싶을 땐 온몸으로 울어라 : 감정은 잘 들어주고 표현해줄 때 오래 머물지 않는다. 감정의 찌꺼기가 남아 있지 않도록 마음껏 표현하라. 울고 싶을 땐 눈치보지 말고 울기, 웃고 싶을 땐 목젖이 보이도록 껄껄껄 웃기!

생기를 회복하다

기분 좋은 사람과 함께 있으면 편안하고 기분이 상승되지만, 늘 불평 불만에 차 있거나 우울한 사람과 함께하면 그 사람이 나에게 뭐라 말하지 않아도 가슴이 답답하고 불쾌하다.

늘 지쳐 있거나 우울과 불안으로 살아가고 있다면 인간관계와 일에서도 삐걱삐걱 되는 일이 자주 있게 된다. 그래서 옛날 사람들은 그 사람의 기색을 살펴보고 운을 점쳤다. 날이 갈수록 예뻐지고 밝은 기운의 당신이라면 다가오는 운이 정말 좋다고 생각하면 대부분 맞다. 마음속에 긍정이 가득한 사람이 좋은 사람과 좋은 일을 만날 가능성이 높다.

우리의 몸은 정말 정직하고 솔직하다.

마음이 느끼는 감정을 에둘러 말하지 않고 직선적으로 표현한다.

기가 죽으면 몸도 따라서 기가 죽고, 날아갈 듯 신나는 일이 있으면 몸도 날개를 단 듯 가볍다.

사람을 만날 때 느껴지는 첫 느낌이 좋다면, 그 사람의 그날 컨디션은 분명 좋은 상태일 것이다.

내가 운이 피기 시작한 시점도 나의 얼굴에 밝음이 찾아오고 나서였으니 말이다.

병을 낫기 위해 시골 변두리와 전국을 쏘다녔지만 조금 나아진 듯하다 아프기를 반복했다. 계속 도돌이표를 찍고 있다는 느낌에 희망을 갖다가도 다시 무기력해지는 시점에, 나는 시골에서 서울로 올라오게 되었다.

몸은 어느 정도 회복을 했지만 아직도 안개처럼 뿌연 머릿속은 늘 당기고 아팠다. 애써 좋은 마음을 가졌다가도 순식간에 스며드는 슬픈 감정은 나를 어둠의 늪에서 늘 헤매게 했다.

아프기 시작한 시점부터 시작된 우울증은 제법 뿌리가 깊었다. 어둡고 긴 터널 속에 갇힌 듯 축축하고 슬픈 감정은 시시때때로 밀려와 예측할 수 없는 행동과 감정을 만들고 도망갔다 찾아오기를 반복했다.

무엇을 하든지 내 자신이 부끄럽고 측은하게 느껴졌다. 그런 내 자신이 불쌍하기도 하고 아깝기도 하고 서럽기도 했다. 서울에 올라온 이후 꾸준히 나는 무엇인가를 해야만 불안감이 조금은 사라졌다.

평생회원으로 다니던 기체조 센터의 원장님이 어느 날 나에게 말했다.

"지은 님이 가시면 정말 좋은 곳이 있어요. 내가 수강료를 모두 입금해놓았으니 그냥 가시기만 하면 됩니다."

그곳에서 무얼 하는지도 모르고 나는 신사동에 있는 연수원에 가게 되었다.

하나같이 지도자분들의 얼굴에서 빛이 났다. 스타라는 말은 저런 분에게 붙이는 것이 아닌가 싶을 정도로 너무나 환해서 나도 모르게 그분들의 얘기에 빨려들어갔다.

여기에선 공통된 규칙이 있었는데 화장실을 갈 때나 들어올 때, 밥을 먹을 때, 먹고 난 후에 그냥 웃으라는 것이었다. 그때 처음 내 얼굴에 표정이 없다는 걸 알게 되었다. 사건 이후 난 사실 웃음을 잃어버렸다. 너무나 놀라면 모든 감각이 얼어버린다. 왼쪽 뇌가 시멘트 바닥처럼 쪼그라들고 굳어버렸을 때 TV 속 정지 화면처럼 웃는 것이 중단되었다.

처음엔 정말 입꼬리를 올리는 것조차 가식적으로 느껴지고, 웃음을 억지로 만드는 것 같아 마음이 불편했다. 왜 이런 걸 하고 있나, 웃음은 자연스럽게 저절로 웃어야 한다. 그런데 이 사람들의 작위적인 교육이 썩 달갑지만은 않았지만 원장님의 성의를 봐서 2박 3일은 견뎌야지 하는 마음으로 버텼다.

설상가상으로 이제는 연수원 밖을 나가서 사람들 앞에서 10초간 웃고 나서 사인을 30명에게 받아오라고 했다.

어디서 그런 용기가 생겼는지 커피숍 문을 열고 들어가 내가 웃어볼 테이니 사인을 해달라고 하자, 신기한 듯 웃어주는 사람들이 고마웠다. 하하하하하하하하하하하하하하하하, 어색하고 억지스런 웃음이 커피숍 안을 가득 채웠다. 오히려 나보다 이 소리를 듣는 사람들이 민망했는지 더 큰 소리로 박수를 쳐주며 격려해주었다. 용기를 얻은 나는 한강공원에서, 길거리에서, 만나는 사람들에게 천연덕스럽게 내가 웃는 것을 들어달라고 구걸하며 웃음을 연기했다.

금방이라도 눈물이 떨어질 것 같은 눈망울에 세상 온갖 슬픔을 짊어진 듯 수심이 가득한 얼굴에서 몇 년 만에 웃음소리가 터져 나오는 순간이었다. 얼굴은 웃고 있었지만 사실 마음은 아직도 차가운 얼음 방에 갇힌 것처럼 외롭고 추웠다. 얼굴은 웃고 있지만 아직도 가슴에선 슬픈 눈물이 주룩주룩 흘러내렸다.

몇 달이 지난 후, 센터에 자주 오시는 강사님이 나한테 봉사를 권유하셨다. 어느 자리에 있어도 늘 불안하기만 했던 내가 무슨 일을 할 수 있을까 생각에 망설였지만 큰 부담은 없을 것 같아 용기를 내서 하게 되었다. 웃음을 잃어버린 내가 웃음을 알려주는 사람이 된 것이었다.

그래 웃음이 필요한 사람은 웃음을 알려주고, 리더십이 필요한 사람은 리더십을 이야기하고, 치유가 필요한 사람이 치유를 얘기하는 경우가 많더라. 막가파식 용기가 필요했다.

웃음이 필요한 사람은 웃음을 알려주고,
리더십이 필요한 사람은 리더십을 이야기하고,
치유가 필요한 사람이 치유를 얘기하는 경우가 많더라.
막가파식 용기가 필요했다.

나는 그렇게 억지로라도 웃어야 했고 웃음을 공부해야만 했다. 처음으로 셀카를 찍으며 내 표정을 연구해보았다. 아무리 웃어도 문득문득 올라오는 어두운 그림자가 얼굴에 비췄다. 그러나 웃고 난 후 가슴이 아파서 손도 못 대었던 명치가 조금씩 시원해졌다. 그리고 불면증에 힘들었던 나는 웃고 난 후, 긴 시간은 아니었지만 단잠을 잘 수 있는 상태가 되었다.

어깨까지 나무뿌리가 뻗친 듯 늘 아팠던 어깨와 목이 부드러워지기 시작했다. 웃음을 수행으로 알고 하루하루 연습을 해나갔다. 사람들의 반응이 시원찮을 때에는 둔감해진 내 몸과 마음이 오히려 위로가 되었다. 녹을 줄 모르는 차가운 알래스카 빙하처럼 두껍게 방어막을 치고 있던 내 얼어 있던 마음도 조금씩 조금씩 웃음이 온기가 되어 녹아내리기 시작했다.

긴 겨울밤이 지나고 봄이 오려는 소리가 조금씩 들려오듯 내 마음과 몸에도 생기를 듬뿍 머금은 새싹이 조금씩 올라오기 시작했다. 인생의 겨울은 저절로 지나가는 것이 아니었다. 봄이 오게 하려는 노력과 수고가 있어야 한다는 것을 조금씩 깨닫게 된 것이다.

웃게 되면서 나 자신의 정체성을 조금씩 찾게 되었다. 내가 왜 여기에서 살아야 하는지를, 왜 오늘도 밥을 먹고, 사람을 만나고, 일을 해야 하는가를 웃음이 나에게 알려주었다.

슬픈 뇌가 말한다.

'당신이 너무 웃어서 이제는 떠나고 싶다고……. 안녕 지은씨!'

회복 액션플랜

매일 웃음운동으로 긍정심 만들기 : 웃음은 순환기계와 호흡기 심장을 튼튼하게 해주어 온몸의 신진대사를 높이고 마음을 긍정적이고 자신감 있게 만든다. 웃을 수 있는 기회가 있을 때마다 자신의 얼굴을 보고 웃어 주어라. 정말 웃을 일이 생긴다.

초월하다

세상을 편하게 살고 싶다면, 색안경을 벗으라고 말하고 싶다. 고정관념이 사라지면 타인을 조금 더 이해하는 마음으로 바라보게 되고 내가 경험하고 배우고 생각하는 틀에 다르게 반응할지라도 마음의 불편함이 없어진다.

성숙해진다는 것은 "나를 조금 더 알았다", 또는 "나의 몸과 마음의 모양을 살필 수 있다"는 거라고 말하고 싶다.

웃음치료를 시작하면서 사람의 감정에 대해 관심을 가지게 되었다. 늘 불안하고 우울한 마음이 많았던 나는 웃고 즐거운 것이 최고인 줄 알았다. 웃는 순간에는 기분이 좋고, 과거의 나쁜 기억과 느낌이 없어져서 우선 좋았다. 쥐뿔도 없는데 세상 모든 것을 포용할 듯한 큰 마음이 되는 듯 여유로워졌다. 무조건 기쁘게 살아야 한다고 긍정적으로 살아야 한다고 보는 사람들마다 웃으라고 독려

했다. 웃음은 중독성이 강하다.

하루 3타임 정도 수업을 하고 나면 온몸은 엔돌핀 호르몬으로 기운이 충만해 있었다. 기운이 넘치고 배도 고프지 않았으며, 어떤 역경도 이겨낼 것처럼 마음이 강해졌다.

의식적으로 밝은 모습을 하려고 노력했다. 처음 핸드폰을 보며 셀카를 찍을 때 내 표정이 그리 어색할 수가 없었다. 수십 번 수백 번 표정을 만들며 연습을 했다.

송파구 방이동에 있는 경찰병원에서 봉사를 하는 날이었는데 사람들의 반응이 영 시원찮아서, 정말 부끄럽고 몸둘 바를 모르고 있었다. 할아버지 한 분이 나가시며 "강사님, 정말 재미있었어요!"라고 말씀해주셨다. 혹시라도 의기소침할까봐 기운을 주고 싶었던 모양이다.

강의가 형편없을 때는 가슴이 멍하고 어떨 땐 눈물이 나왔다. 정말 산속에 있을 때랑 비교하면 어마어마하게 발전했는데 강의를 제대로 못하고 온 날에는 일주일 내내 의기소침하게 지냈다. 2~3년 웃고 다니면 사람이 완전히 바뀔 줄 알았다. 그런데 여전히 그림자는 가시지 않았다.

사람의 마음이 궁금해졌다. 정말 웃는 것이 최고의 답일까?

상담심리학과를 편입하면서, 성격과 기질이 형성되기까지 인생의 수많은 과정이 있었음을 배우게 되었다. 내가 지금, 이 모습으로 살고, 이런 마음을 가진 것이 아픈 경험 때문만은 아니라는 것

성숙이라는 말은 어떤 상황에서도 지금 일어나는 것을
부정하거나 원망하지 않는 것이라고 말하고 싶다.

을 이해하게 되었다. 그리고 웃음만 강조하는 것도 바람직하지 않다는 것을 알게 되었다.

기쁘면 웃고, 슬프면 울고, 화가 나면 화를 내고, 자연스럽게 자신의 감정을 얘기할 수 있는 것이 오히려 건강한 사람이다.

모든 감정들을 배척하지 않고, 있는 그대로 받아들이고 인정하면 마음이 불편하지가 않다.

사람들은 슬퍼했던 순간들과 기억들을 감추려고 하는 경향이 있다. 슬픔은 슬픔대로 우리에게 전해주는 이야기가 있다.

몸과 마음이 감정의 리듬에 맞춰 적절히 조율을 한다는 것은 건강한 것이다. 위험할 때 화가 나고 놀라는 감정은 우리의 몸을 지키기 위한 지극히 당연한 생리적 현상이다.

우리에게 늘 감정은 순환하면서 온다. 왔다가 적당히 놀고 나면 어느 순간 냉정하게 가버리는 것이 감정의 정체이다. 그래서 슬픔도, 화남도, 우울함도 크게 집착할 것이 되지 못한다. 그저 바라보며 감정의 대상에게 말을 걸 수 있는 정도만 되어도 좋다. 슬픔도 습관이 된다는 것을 알았다. 늘 우울하고, 불행하고 슬픈 느낌은 자신이 그 감정을 선택했거나 집착했기 때문이다.

이젠, 억지로 오버해서 웃으려고 하지 않는다.

그저 담담히 지금의 마음을 받아들인다.

분노가 일어날 땐 빨리 없애려고 하지 않는다.

이 분노가 어디서 왔을까 곰곰히 생각해본다.

눈물이 나올 땐 눈물을 많이 느끼려 한다.

눈물이 나올 때의 감정의 깊이를 들여다본다.

내 심장의 고동소리 옥죄임, 쓰라림, 근육과 손끝 발끝 찌릿찌릿한 몸의 느낌까지 함께한다.

내 몸의 고향은 마음이고 마음의 어머니는 몸이기 때문이다.

성숙이라는 말은 어떤 상황에서도 지금 일어나는 것을 부정하거나 원망하지 않는 것이라고 말하고 싶다.

비가 온다고 성가시다 하지 않고, 뜨겁다고 햇살을 원망하지 않는다. 바람 부는 날은 시원해서 좋고, 눈이 오는 날은 심심하지 않아서 좋고, 소나기가 오는 날은 깨끗하게 씻어주어서 좋을 뿐 원하지 않는 것이라고 밀어내거나 단절하지 않는 힘이 성숙이다.

안간힘을 다해 잘나 보이려고 애쓰지 않아서 편안해졌다.

심한 열등감에 말할 때마다 뜨끔뜨끔 죄책감에 쌓이지 않아서 좋다.

사회의 잣대로 나를 평가하지 않는 자신감이 생겨서 살맛 난다.

내가 만약 상처가 없었다면 내가 낀 색안경으로 수많은 사람들을 재단하고 판단했으리라.

내 눈이 순해지고 색안경이 점점 얇아지고 투명하게 변해가는 것이 감사하다.

한 번도 실패하지 않았다면 오만하고 잘난 척하여 많은 사람을 더 아프게 했을 것이다.

오늘도 기도한다.

“말로 지은 잘못을 돌이켜봅니다.

마음으로 지은 잘못을 돌이켜봅니다.

몸으로 지은 잘못을 돌이켜봅니다.”

하루하루 자각을 하는 데도 순간 잊어버릴 때가 많아 실수를 할 때가 많다. 그렇게 하나하나 깨달을 때마다 나는 또 잘 여물어가고 성장한다. 이제는 아픔을 돌아보며 원망하지 않는다. 건강해졌다고 자만하지도 않는다.

행복한 날도, 불행한 날도, 그저 그런 날도, 나에겐 모두 다 소중한 날이다. 그저 나에게 오는 모든 감정의 손님들에게 정성을 다해 대접할 뿐이다.

오늘도 그냥 웃는다. 한번도 상처받지 않은 것처럼…….

회복 액션플랜

애쓰지 않기 : 애쓰는 마음은 하기 싫은데 억지로 부담을 가지고 하게 된다. 편안하게 말하고, 편안하게 행동해본다. 의외로 타인은 무얼 하든 나에게 관심이 없다. 자신이 할 수 있는 만큼만 정성을 다해서 하면 된다. 인생을 너무 어렵게 살지 말자.

색안경 벗어보기 : 색을 끼고 보는 풍경은 늘 같은 색으로만 보인다. 선입견은 나에게도 상대에게도 진실을 가리는 최고의 적이다. 나의 고정관념에서 벗어나면 인생이 풍요롭고 자유로워진다.

4부

사계절을 돌며 마음의 평안을 얻다

뼈대 세우기

오랫동안 몸이 아프다 보니 자연스레 건강에 관심이 많이 간다. 건강에 있어서는 그 누구보다 자신하던 나였다. 겉으로 보기에는 멀쩡한데 아프다고 하면 누가 믿어주지도 않았다.

건강이란 육체적 건강뿐만 아니라 정신적 · 영적 · 정서적으로도 원만하고 조화로워야만 건강한 사람이란 걸 아프면서 배우게 되었다. 설령 내 앞에 있는 사람이 육체적으로 아무 이상 없어 보일지라도, 그 사람의 심장은 스트레스나 마음 졸임으로 달음박질을 늘 하고 있는 줄 모르니 말이다.

우리의 마음과 영혼이 몸에 담겨 있다 보니, 자연스럽게 자신의 몸에 관심을 가져야 한다. 머리에서 발끝까지 무슨 일이 있는지 신경을 써주어야 이 녀석들이 갑자기 난동을 부리지 않는다. 바쁘다고, 귀찮다고, 돈없다고 방치하면 몸의 균형은 깨져버리게 된다.

내가 모르는 사이 혈압도, 세포도, 혈전도, 시력도, 청력도 조금씩 변화해가고 있다.

그러나 많은 사람들이 몸의 감각이 차단된 채 살아가고 있다. 감각 차단은 감정의 차단까지 오게 만들기 때문에 우리는 내 몸 알아차리기를 자주 해주면 좋다.

몸 알아차림은 감각 깨우기에 좋은 방법이다. 앉거나, 서거나, 눕거나, 걸으면서 당신의 호흡과 심장 발바닥의 감각 그리고 생각에 집중해보기를 바란다. 늘 밖으로만 향해 있던 마음을 지금 이 순간 불러올 수 있으면 몸에서 무슨 일이 일어나고 있는지 알 수 있다.

정서적 건강도 마찬가지이다. 변화가 많은 현대생활은 특히 한국인은 뭐든지 급하고 빠르다. 조급한 마음은 긴장과 불안한 마음을 불러온다. 직장생활 속의 압박감이 늘 습관화되어 우리의 정서적 기준점은 불안과 초조에 맞춰 있는 사람이 많다. 조급한 일이 없어도 있어도 늘 불안하다.

정서적 불안감은 내 몸의 에너지를 빨리 소진시켜버린다. 혈압도 올라가고, 심장도 빨리 돌아가고, 근육도 수축되다 보니 연료가 더 많이 쓰이게 된다.

효율적 정서관리는 에너지를 적게 쓰면서 우리 몸을 에너지원처럼 오래 사용하는 것이다. 어떻게 하면 정서관리도 건강하게 할 수 있을까?

마음도 알아차림 하면 내가 선택하고 조절할 수 있다. 불안이

몸 알아차림은 감각 깨우기에 좋은 방법이다.
앉거나, 서거나, 눕거나, 걸으면서 당신의 호흡과 심장 발바닥의 감각
그리고 생각에 집중해보기를 바란다.

올라오는 걸 몰랐다가 알아차림을 시작하게 되면, 이 불안한 마음을 계속할지 말지 선택할 수 있다. 그래서 매 순간 명상을 해볼 것을 권하고 싶다.

나의 생각과 감정을 바라보는 연습을 하면 불안하고 우울한 마음이 올라왔을 때 '아 내가 또 불안해하는구나, 우울해하는구나'를 인식하는 순간 금방 다른 모드로 바꿔버리면 된다. 바로 바뀌지는 않는다. 내 마음을 조절할 수 있는 힘이 있어야 한다.

명상이 자신의 성향과 맞지 않거나 어렵다면 매일 감정일기를 써볼 것을 권한다. 오늘은 어떤 감정을 느꼈는지 힘이 되는 감정과 내 에너지를 빼앗아가는 감정을 분류해서 써보면, 오늘 내가 소진되는 생각과 마음을 썼는지, 에너지를 주는 말과 행동을 했는지 확연히 눈에 들어올 것이다.

몸 · 마음 · 영적 · 정서적 건강 영역 중에 가장 에너지를 많이 빼앗아가는 곳이 정서적 영역이기 때문에 감정관리는 모든 사람에게 필수적인 관리항목이다.

아플 때는 주로 부정적인 생각에 사로잡히게 된다. 하루 종일 부정적 생각에 사로잡혀 있다 보면 일한 것도 없는데 몸이 피곤하고 지친다. 그럴 땐 재빨리 나만의 긍정적인 방법으로 에너지를 보충해주어야 한다.

우울증이 심할 때 나의 긍정 발휘는 웃는 것이었다. TV를 보아도 웃고 떠들 수 있는 것을 보고, 영화를 보아도 개그나 코미디 휴

먼드라마 같은 것을 보며 긍정 에너지를 채웠다.

어떤 분들은 운동을 하면 나쁜 생각이 많이 줄어든다고 하고, 어떤 분은 맛있는 것을 먹는다고 한다. 다이어트를 생각한다면 먹는 것보다 많이 움직이는 것을 권하고 싶다. 공간의 움직임은 감정도 옮겨줄 수 있으며, 신체활동을 통해 생체 에너지 리듬이 활성화되면서 좋은 기분을 느낄 수 있게 해준다.

영적인 건강도 빠질 수 없는 항목이다.

미국의 정신치료학자 데이비드호킨스 박사가 20년간 운동역학의 원리를 이용하여 임상실험을 통해 수치로 측정해낸 의식 레벨표를 보면 사랑, 기쁨, 평화, 깨달음으로 갈수록 의식이 밝아지고 높아진다. 반대로 어두워지고 침체되는 에너지는 우리의 영성도 쪼그라들게 하는 수치심, 죄책감, 무기력 등이다.

자신의 영적 건강함을 의식 레벨표를 보고 측정해보자. 의식수준에 따라 감정과 행동이 달라지는데 자신이 주로 하는 행동과 반응하는 감정을 체크해보면 영적인 건강함이 어느 정도인지 알 수 있다.

건강함도 단계가 있다. 무너진 축대를 다시 세우고 골격을 채우며 살을 붙이고 지붕을 얹고 인테리어까지 고려해서 집을 짓듯, 우리의 몸도 단계에 따라 리모델링해나가야 한다.

몸은 영혼의 집이다. 건강한 영혼이 살기 위해서는 튼튼하고 편안한 몸이 있어야 가능한 것이다. 네 영역 중 어느 한 부분의 건강에 적신호가 오고 있다면 빨리 알아차림으로 예방해야 한다.

잠재능력이 있어도 건강하지 못하여 제대로 발휘하지 못한다면 얼마나 마음이 아프고 후회가 되겠는가.

오랜 시간 몸과 마음의 건강을 회복하기 위해 살아온 나로서는, 만약 내가 제 때 건강관리를 잘했다면 나는 더 열정적으로 나의 능력을 100퍼센트 발휘하며 살았을 것 같아 아쉬울 때가 있다.

지금 당장 당신의 몸을 점검하고 바로 세우자.

그리고 당신의 잠재력을 흔들어 깨우자.

인생이 그리 길지 않다.

마음 비우기

생각이 정리가 안 되고 몸이 찌뿌둥할 때 나는 화장실 청소를 한다. 거실도 있고, 안방도 있는데 왜 굳이 화장실로 가는지 나도 모르겠다. 아마도 가장 더러운 오물을 버리는 은밀한 장소이기 때문인 것 같다. 내가 먹고 마시고 씹어 삼켰던 모든 것들이 배설되는 곳, 화장실을 청소하고 나면 얼룩진 내 마음도 닦여진 것 같아 한결 개운하다.

먼저 뜨거운 물로 벽면 타올, 바닥까지 때가 불을 수 있도록 적셔준다. 향기나는 세제를 수세미에 듬뿍 묻혀 충분히 거품을 내어 구석구석 적셔놓는다. 금방 닦는 게 아니라 시간을 두고 불려둬야 거뭇거뭇 묵은 때가 잘 지워진다. 정말 오래 묵은 때는 한참을 밀어야 겨우 희끄무레하다.

거울을 닦고, 벽을 지나 바닥 그리고 하이라이트인 변기에 손을 넣어 닦을 때는 약간의 망설임도 있지만 뽀얀 얼굴로 돌아온 변기를 보면 내 마음도 닦아낸 듯 반짝인다.

가장 힘든 마무리는 오물을 쭉 빨아당기는 하수구 청소다. 머리카락, 오물들이 뒤엉켜 보기만 해도 구역질이 날 정도로 쌓여서 겨우 물이 쫄쫄 흘러내려간다. 하나하나 머리카락들을 치워내고 거름망까지 깨끗이 빨고 나면 고여서 잘 빠져나가지 않았던 물이 순식간에 회오리치듯 흘러내려간다.

어느 순간부터 화장실은 내 마음을 청소하는 공간이 되었다. 마음 상하고 기운 빠지고 화가 나고 우울할 때 마음속 쓰레기들을 버리는 곳이 되었다.

허리를 구부리고 무릎을 굽힌 채로 열심히 손가락, 손목에 힘을 주어 더러운 부위에 마음을 집중하고 닦아낸다. 기분이 울적할 때는 평소 손이 닿지 않거나 안 보이는 곳까지 더욱 빡빡 문질러서 집중해서 청소한다. 화가 나서 심장이 달음박질할 때는 손놀림도 더욱 빨라지고 힘이 세어진다. 우울할 때는 한숨도 쉬어가며 천천히 닦게 된다. 하수구로 그렇게 오염된 마음들을 오물들과 함께 흘러보내고 나면 머릿속에 들끓었던 생각들이 어느새 잠잠해져 있다.

우리의 마음도 감정의 쓰레기들로 어지럽혀 있을 땐 청소가 필요하다. 비우지 않고 오래 쌓여 있는 것일수록 냄새도 심하고 시간을 들여 청소해야 한다.

해결하지 못하고 꼭꼭 눌러둔 것일수록 닦아내는 데 애를 먹는다. 마음도 먼지 털 듯 가볍게 매일매일 털어내야 청소하는 데 시간이 걸리지 않는다.

나는 매일 아침 108배를 하며 전날 묵었던 감정을 씻어낸다. 두 손을 가슴에 모으고 머리를 땅바닥에 닿을 정도로 몸을 숙여 절을 하면 온몸이 순환이 되면서 머리가 맑아진다. 고요함 속에 들숨과 날숨이 차례대로 반복하며 남아 있던 불순물들이 하나둘씩 빠지고 마음이 순일해진다. 들떠 있던 감정들이 고요해지고 머리가 명료해지며 마음에 걸려 있던 일들이 이해되고 또는 어떻게 해야 할지 정리가 된다.

절을 처음 시작한 이유는 불안한 마음이 계속되면서 무얼 하던 마음이 개운치 않고 한 가지 걱정에 매몰되어 힘들어서 하게 되었는데 시간이 지나면 지날수록 마음에 중심이 잡히면서 가벼워짐을 느꼈다. 전날 기분 나빴던 일들도 감정정리가 되면서 어떤 선택을 해야 할지 지혜가 생기고 여유로워졌다.

평소 미안했던 사람, 고마웠던 사람 또는 괘씸했던 사람을 떠올리며 3배씩 절을 한다. 어려웠던 시절 도와주신 고마움을 망각하지 않기 위해서이고, 잘못된 행동으로 상처를 준 사람들에 대한 미안함으로 절을 올린다. 원망하는 마음을 녹이고 연민의 마음을 보내고 나면 오히려 마음이 편안해진다.

그리고 가장 힘든 시간을 보낸 나 자신에게 격려를 보내는 절을

고요함 속에 들숨과 날숨이 차례대로 반복하며
남아 있던 불순물들이 하나둘씩 빠지고 마음이 순일해진다.

한다. 오래 묵혀 왔던 죄책감과 수치심 미움의 감정들이 조금씩 닦여나가자 사람들이 먼저 알아보았다.

"지은 씨 얼굴이 달라졌어요!", "요즘 좋은 일 있나 봐요.", "뭔가 달라졌는데 이상하다"며 고개를 갸우뚱거리고 에너지가 달라졌다며 말씀하시는 분들이 많아졌다. 내 생활에 변화를 준 것은 108배 밖에 없는데 나도 모르는 사이에 여기저기 보이지 않게 낀 마음의 때들이 청소가 되었나 보다.

내가 생각하는 마음청소에 대해 쓴 글이다.

> 구석구석 낀 때를 청소하는 아침
>
> 한참을 문질러도 번뇌로 가득한 생각 쓰레기통
>
> 넘치지 않으려 오늘도 쓸고 닦고 하루를 시작한다.

자기만의 마음 청소법을 개발할 것을 권한다. 손으로 직접 몸을 굽혀서 청소를 하든, 진공청소기로 후다닥 하든, 남에게 청소를 부탁하든, 마음을 청소하는 방법은 어떤 것이든 상관없다.

저마다의 속도와 방법으로 하루에 한 번, 아니 일주일에 한 번, 한 달에 한 번이라도 털어내는 시간이 필요하다. 마음 청소는 새로움을 담고 미래를 위한 에너지를 충전해준다.

과거의 부정적인 감정을 하루 빨리 씻어내자. 당신의 인생은 넘치도록 아름다워야 하니까!

죄책감 벗어나기

죄책감은 부정적인 정서로 주로 자신이 가장 아끼는 관계를 훼손할 수 있는 행동을 저질렀을 때 유발되는 감정이다. 적절한 죄책감은 타인에게 바람직한 행동을 할 수 있도록 동기부여에 도움을 준다. 하지만 부정적인 죄책감은 사회적 관계를 소극적으로 만들고 자존감까지 낮게 만들기도 한다.

자신의 인격과 능력과 도덕성을 무한정 높이면서 절대 따라가지 못할 규칙을 정해놓고 자신의 마음을 계속 공격하는 심리상태는 바람직하지 않은 죄책감의 행동유형이다.

자기의 행위나 생각에 잘못이 있다고 평생 죄책감을 안고 살아가는 사람들이 있다. 사랑하는 사람이 사고를 당한 것도, 아픈 것도, 힘든 것도, 괴로운 것도, 내 탓인 것만 같아 끊임없이 괴로워하며 자기를 궁지로 몰아넣는다.

당신은 그 상황에서 최선을 다했다.
스스로에게 너무 많은 능력을 부여하지 마라.
당신은 그 상황에서 그렇게 행동할 수밖에 없었다.

'그때 거기에 있지만 않았더라도 그러한 일이 벌어지지 않았을 텐데……. 내가 조금만 더 신경 썼더라면, 그 사고가 일어나지 않았을 거야! 모두가 내 탓이야.' 이런 말을 되뇌이며 자신의 영혼을 마구 구타하는 그런 분이 있다면 1분 1초라도 빨리 자기 자신을 용서해 주기를 바란다. 특히 당신이 실수를 용납하지 않는 완벽주의자라면 더더욱 자신을 비난하는 일이 많을 것이다.

오랫동안 나도 죄책감에 사로잡혀서 살았다. 내가 생각하는 나의 이상적인 모습을 정해놓고 거기에 도달하지 않는다고 나를 무참히 짓밟고 별 볼일 없는 사람이라고 괴롭혔다.

내가 생각하는 나는 정말 깨끗하고, 욕심 없고, 리더십이 있고, 큰 사람이고, 괜찮은 사람이어야 했다. 그리고 그런 사람이 될 수 있다고 오만한 생각에 사로잡혀 있었다.

나는 그냥 지극히 평범한 여자 그 이상도 이하도 아니었다. 똑같이 욕심 내고, 질투 내고, 찌질하고, 게으른 속물적 근성도 있는 보통 사람이었다. 자기 자신을 근사하게 포장하고 싶었지만 어쩔 수 없는 속물이었구나를 인정하기까지 꽤 오랜 시간이 걸렸다. 자신의 틀을 만들어서 그 안에서 옴짝달싹 못하게 만들고 있는 사람이 바로 나였다. 틀을 조금만 벗어나도 스스로 잘못을 뉘우치며 심하게 자기를 몰아치며 나 자신을 힘들게 했다.

필요 이상으로 사회의 규범의 잣대에, 상식에, 이상적인 모습에 들어맞지 않을 때, 타인보다 내 자신을 비난하는 경우가 많았다.

적절한 자존감은 건강한 정체성을 가지고 사회생활을 하는데 필수적인 요소인데 늘 타인보다 자신에게 책망을 자주 하는 사람은 자존감이 낮은 경우가 많다.

죄책감이 많은 성향의 사람은 자신의 행동에 확신이 없고, 무슨 일을 하더라도 명확하게 내세우거나 결정하지 못한다. 대인관계에서도 어떤 특정한 문제에 죄책감을 가지고 있으면 그 상황에 대한 통제력을 잃어버리고 소극적으로 사람에게 대할 확률이 높다. 자신의 행동을 확 펼치지 못하고 눈치를 보거나 움츠러드는 정서가 심하면 우울증까지 오게 만든다.

비정상적인 죄책감이 얼마나 사람을 잔인하게 자기 자신을 괴롭히는지 당사자는 모르는 경우가 많다. 우리가 살아오면서 주입되어온 도덕, 규율, 관습, 종교적 신념들에 과잉 믿음을 갖게 되면, 건강한 인생을 살아가는 데 방해가 될 경우가 많다.

당신이 죄책감을 심하게 느끼는 사람이라면 당부하고 싶다.

첫째, 모든 사람은 실수할 수 있다.

인생은 리바이벌이 없다. 연습이 가능하면 실수도 줄이겠지만 인생은 늘 생방송이다. 생방송에서 방송사고는 허다하게 일어난다. 자신에게 일어난 일에 대한 지나친 반성은 정신건강에 매우 해롭다.

둘째, 자신을 특별한 사람이라고 생각하지 마라.

요즘은 개인이 모두 다 특별하다고 생각한다. 물론 소중하고 귀한 것은 맞는 말이다. 그러나 특별함이 타인보다 꼭 우월해야 한다거나 월등해야 하는 것은 아니다. 자신에 대한 이상을 적당히 가지고 있어야 어떤 잘못을 했더라도 자신을 심하게 책망하지 않는다.

셋째, 완벽주의에서 벗어나라.

완벽한 사람을 한 사람이라도 본 적이 있는가? 완벽이란 이 세상에 없다. 내가 정한 완벽을 조금은 내려놓자. 자신이 한 일에 대해 능력만큼 나오지 않았어도 자신을 비난하기 보다 격려해주어라.

넷째, 일어날 일은 꼭 일어난다.

천재지변이나 불가항적인 상황에서 어찌할 수 없었다면 그것을 그대로 받아들이자. 자신이 좀 더 용기 있게, 똑똑하게 행동하지 못했다고 해서 신이 벌을 주지는 않는다.

당신은 그 상황에서 최선을 다했다. 스스로에게 너무 많은 능력을 부여하지 마라. 당신은 그 상황에서 그렇게 행동할 수밖에 없었다. 죄책감이 당신을 괴롭힐 때 위의 상황을 점검해보자 .

당신은 사랑 받기 위해 이 세상에 온 누구보다 귀한 존재이다.

이제 그만 죄책감을 내려놓고 편안해져라.

수치심 벗어나기

수치심羞恥心의 뜻을 찾아보니, 부끄럽다는 마음이 두 번이나 들어 있다. '부끄럽고 부끄러워 차마 누구에게 말하지 못하는 마음'이 바로 수치심이다.

죄책감이 상식적인 행동이나 생각을 하지 않은 데서 오는 객관적 감정이라면, 수치심은 지극히 개인적인 잣대와 생각으로 자기 스스로를 부끄럽게 여기는 마음이다. 물론 건강한 수치심은 스스로가 한계가 있음을 알게 하고 삶을 겸손하게 살 수 있게 하는 마음이다.

에릭슨에 의하면 아이들은 정신적 발달의 2단계에 수치심을 느끼기 시작한다고 한다.

1단계에서 엄마와의 신뢰감은 세상으로 갈 수 있는 첫 번째 다리가 되어 다른 사람을 사랑하고 자신을 받아들이는 데 중요한 역할을 한다. 건강한 수치심이든 해로운 수치심이든, 발달시킬 수 있는 준비가 된다고 한다. 부모가 주는 사랑의 확신은 앞으로 아이가 건강한 수치심을 가지고 살아갈 수 있는 자양분이 된다.

우리는 당황한 일이 있거나, 예측할 수 없는 일이 있거나, 낯선 사람을 만날 때 부끄러움, 즉 수치심을 느낀다. 이것은 건강한 부끄러움으로서 균형을 잡아주고 인간의 한계를 알게 해주며, 스스로 전능하지 않다는 것을 일깨워준다.

강의할 때 있었던 일이다. 스커트를 입고 갔는데 수강생 한 분이 "선생님 스타킹 올이 다 나갔어요"라고 했다. 순간 얼굴이 붉어지며 당황했지만 늘 완벽하다고 생각한 나 자신도 실수할 수 있는 인간임을 깨달았다.

이전에 나는 신경증이 올 정도로 실수한 일에 대해 스스로를 책망하며 긴 시간을 살아왔다. 오랜 치료 기간으로 사회생활, 경제 활동을 하지 못한 데서 오는 결핍과 수치심은 늘 나를 괴롭혔다.

어려움을 알고 주변에서 도와주는 사람들이 건네주는 호의에도 스스로 당당하지 않은 마음에 며칠을 괴로워했다. 거기서 끝나는 것이 아니라 '이 나이에 사지도 멀쩡한 애가 거지 근성이 있구나' 하고 위축되는 마음은 인간관계도 소극적으로 만들고 자존감도 떨어지게 했다.

생각해보니, 어렸을 때부터 나는 부끄러움을 많이 탔다. 할아버지 환갑 때 수십 명의 낯선 사람들이 축하인사로 방문했을 때에도

●

당신은 사랑 받기 위해, 이 세상에 온 누구보다 귀한 존재이다.
이제 그만 죄책감을 내려놓고 편안해져라.

나는 잔칫날 하루 종일 울었다. 무섭고, 어색하고, 어디다 눈을 둬야 할지 몰라서 아마도 울었을 거다. 학교 다닐 때는 질문을 잘 하지 않았지만 어쩌다 선생님께 질문을 하면 왠지 부끄러운 마음이 올라왔다. 우리 동네 친구들 중에서도 가장 얼굴이 먼저 붉어지는 아이가 나였다.

내가 인생에서 가장 수치심을 느낄 때는 "결혼하셨어요?"라는 말이었다. 이 말을 들을 때마다 나는 화제를 늘 다른 곳으로 돌리려고 했다. 지나간 과거가 송두리째 뽑혀 올라오는 질문이었기 때문이다.

남편과 헤어진 이야기, 아이 이야기, 그리고 비정상적으로 왔던 나의 아픈 병고까지도 기억나게 하는 단어는 늘 쥐구멍에 숨고 싶게 만들었다. 그래서 늘 그런 질문은 피했고, 그냥 웃기만 했으며, 아니면 나는 혼자라고 스스로를 부정하며 살았다.

마치 내가 큰 대역 죄인이 된 것 같아 그런 말을 들을 때마다 가슴에서 느껴지는 아픔은 뭐라 말할 수가 없었다. 그래서 수치심이라는 단어에 대한 나의 애정은 각별하다.

많은 사람들이 건강한 수치심이 아니라 해로운 수치심으로 스스로를 괴롭히는 사람이 많다. 건강하지 못한 수치심은 사람의 영혼을 사정없이 갉아 먹는 벌레와 같다.

에릭슨은 "인간의 자아 형성은 사회적인 과정을 통하여 이루어진다"고 했다. 그는 정체성을 적어도 그에게 소중한 사람의 눈을 통해 자신의 내면에서 일치되는 마음이 연속되는 것이라고 정의했다.

우리는 숨긴 만큼 병든다는 사실을 알아야 한다. 스스로 고립되고 외로워하며 타인과의 관계에서 얻을 수 있는 보물들을 모두 놓칠 수 있다는 것을 알아야 한다.

당신을 계속 병들게 하는 해로운 수치심으로부터 빠져나오기 위해 제안한다.

첫째, 수치심을 주지 않는 모임이나 사람과 함께하는 것이다.

자신의 비밀스러운 이야기를 가면을 쓰지 않고 솔직하게 말해도 전혀 위험이 없는 단체에서 노출시키는 것이다. 늘 평가받을까 봐, 부정적으로 보일까 봐, 누군가에게 토설하지 못하는 사람은 '나만 이런 일을 당하는 것이 아니구나'를 실감하게 될 때 스스로를 받아들일 수 있다. 당신의 이야기를 귀 기울여주고 보듬어줄 사람들을 만나라. 늘 가리기에 급급하고 자신을 무기력하게 만드는 수치심에서 벗어나 건강한 에너지를 다시 공급받아야 한다.

둘째, 명상은 자신을 들여다볼 수 있게 해준다.

자신의 감정이나 생각을 판단하지 않고 책망하지 않고 그대로 바라본다. 수치심을 느낀 이후 자신의 마음을 바라보라. 당신의 가슴 부위는 뜨겁고 열이 나며 분노와 좌절감까지 올라오는 것을 매번 알아차릴 수 있다면 당신은 스스로 바뀌려고 선택할 것이다. 자신의 마음과 몸 상태를 바라봄으로써 어떻게 행동할 것인지 선택

건강한 부끄러움으로서 균형을 잡아주고 인간의 한계를 알게 해주며,
스스로 전능하지 않다는 것을 일깨워준다.

의 여지를 높여줄 것이다.

셋째, 나 자신을 있는 그대로 사랑할 거라고 매일 각인시켜라.

부족하고, 못나고, 모자람을 부정할수록 힘들다. 인간은 실수투성이며 모자람투성이인 존재이다.

완벽이란 이 세상에 없다. 내가 만든 완벽 속에 나를 밀어 넣지 말아라. 현재 상태의 있는 그대로의 모습을 받아들이고 사랑해주자. '나 자신을 무조건 받아주고 사랑해줄 거야'라고 매일 주문하라. 은근 든든한 지지자를 만난 듯이 마음이 편안해짐을 느낄 것이다.

넷째, 당신 스스로의 생각과 가치를 주장하는 연습을 하라.

당신에게는 마음을 바꾸지 않을 권리가 있다.

당신에게는 "나는 그거 몰라요"라고 말할 권리가 있다.

당신에게는 "나는 이해 못하겠는데요"라고 말할 권리가 있다.

당신에게는 "나는 상관하지 않아요"라고 말할 권리가 있다.

당신에게는 행동의 정당함을 남에게 일일이 설명할 필요가 없다('나는 NO라고 말하면 죄책감이 든다' 중에서).

내면에서 곪아터져 나오는 눈물을 이제 그만 멈추고 전환시켜야 한다. 수치심은 영적 신체적으로 어두운 그림자를 남긴다.

수치심은 당신이 온전하게 세상을 살아가는 데 방해자다. 당신 스스로 수치스러운 사람으로 여기는 한 당신의 인생에 답이 없다.

하루 빨리 수치심에서 벗어나 자유로운 영혼이 되기를 기원한다.

자존감 높이기

자기를 존중하는 마음, 또는 사랑하는 마음이 자존감이다. 자기의 존재를 진심으로 인정해주고 지지해주는 마음이다. 그런데 이것이 말처럼 쉽지 않다. 못나고, 능력 없고, 아픈 내 자신을 진심으로 사랑해주기는 정말 어렵다. 강사가 되면서 자존감에 관련된 이야기를 많이 했지만 정작 나는 자존감이 바닥이었다.

내가 언제 스스로를 가장 믿고 좋아했을까? 아마도 사고 나기 이전이었던 것 같다.

크게 돈은 못 벌어도, 사회적으로 번듯한 직장은 아니었어도, 나는 내가 하는 일을 좋아했었고, 나에 대한 신뢰가 있었다. 내가 하는 결정은 힘이 있었고 흔들리지 않았으며, 설령 틀렸다 해도 나를 책망하지는 않았다.

그런데 '내가 누구인가? 뭐 하는 사람인가? 무얼 해야 할까?'

를 헷갈리면서 나의 자존감은 내려가기 시작했다. 정체성의 혼란은 뿌리가 없는 부평초처럼 몸과 마음이 늘 떠다니고 불안하며 자기 존재를 부정하게 된다. 내가 누구여야 하는지 헷갈리는데 자기를 인정하기란 쉽지 않다. 누구의 딸, 엄마, 선생님, 동생, 과장, 이름 붙여진 모든 것에는 자기의 정체감이 있다. 나는 내가 어떤 역할을 해야만 하는지 결정을 할 수가 없었다. 더 이상 아내 역할도, 엄마 역할도 하지 못하는 내 자신은 불안전하고 바람직하지 않은 존재였다.

과거가 정리되지 않으니, 현실은 늘 밧줄에 묶인 사람처럼 이러지도 저러지도 못하는 상황으로 흘러갔다. 나를 신뢰하지 못하는 마음은 어떤 일을 해도 확신을 가지지 못하고 우물쭈물했다. 한곳에 집중을 하지 못하고 불안해했으며 완성되지 못한 채 다른 곳을 기웃거렸다.

나를 바라보는 나는 '사람 구실 못하고 사는 찌질한 반쪽자리 인생'이라는 생각으로 끝없이 나를 자책하고 채찍질했으며 힘없는 나를 사정없이 후려갈겼다. 늘 귀퉁이 한구석에서 피를 흘리며 울고 있는 내 마음이 나를 더욱 쪼그라들게 했다.

그러다 보니 만나는 관계마다 불편하고 깊어지기가 힘들었다.

나의 불완전함을 들킬까 봐 전전긍긍하고 사적인 질문을 하면 가능한 말머리를 다른 곳으로 돌렸다. 내 이야기를 하는 데도 얼굴이 빨개지고 수치심을 느끼며 몇 날 며칠을 괴로워했다.

나의 오래되고 깊은 좌절감과 수치심 그리고 자존감의 회복은 나의 현실을 인정하면서부터 조금씩 좋아지기 시작했다. 늘 자신감이 있었고 무엇이든 할 수 있다고 생각한 나는 형편없이 몰락한 내 모습을 인정할 수가 없었다. 이것이 현실이 아닐 거라고 끝없이 부정했지만 원래의 내 모습으로 돌아가지 않았다. 자존심만 높아져서 다른 사람들이 뭐라고 하면 꼭 나를 비꼬는 것 같아 감정이 상해 있고 우울해졌다.

나는 주변의 권유로 봉사를 하면서 나의 존재감을 알게 되었다. 처음에는 불안하고 사람들에게 떳떳하지도 못했던 내가 무슨 일을 할 수 있을까라는 생각에 망설였지만 무언가에 이끌린 듯 부끄럼도 없이 하게 되었다.

웃음치료 봉사는 나를 처음으로 존재감을 갖게 해주었다. 다른 사람을 위해 뭔가 할 수 있다는 성취감은 내가 이 땅에 살아갈 이유를 만들어주었다.

늘 피눈물을 흘리고 있던 내가 병원에서 경로당에서 사람들에게 웃음을 가르치는 웃지 못할 광경이 벌어진 것이다. 그러나 조금씩 사람들이 호응해주고 이야기를 들어주고, 나를 기다려주고, 웃어주는 모습에 나도 무엇인가 할 수 있는 사람임을 받아들였다. 그리고 노력했다. 재미없어도 들어주는 그들을 행복하게 해주고 싶어서 끊임없이 연습했다. 사건 이후 처음으로 사회와 관계를 맺는

●

밝은 태도는 나를 바뀌어 놓기에 충분했고
나를 보는 시선을 원망과 질시의 대상에서
너도 실수할 수 있는 인간, 허물이 있는 인간임을 인정하게 해주었다.

순간이었던 것이다.

늘 눈물로 기도하던 나는 기도하는 대신 웃는 시간이 점점 늘어났다. 웃을 상황이 아니었지만 웃는 행동은 스스로에 대한 긍정심을 높여주었다. 말하자면 나의 깊고 깊은 우울감을 녹여주는 보약이었던 것이다.

본심은 아니어도 밝은 태도는 나를 바뀌어놓기에 충분했고, 원망과 질시의 대상 나를 보는 시선을, 너도 실수할 수 있는 인간, 허물이 있는 인간임을 인정하게 해주었다. 그래서 타인의 실수와 허물에 대해서도 고정관념으로 바라보지 않고 연민의 마음으로 바라볼 수 있게 되었다.

그러나 그렇게 웃는 것을 반복해도 스스로 당당하지 못했다. 나에 대한 완전한 믿음을 갖기에는 부족했다. 늘 나의 마음을 괴롭히는 머리에 대한 강박관념은 내가 온전히 내 일에 집중할 수 있는 에너지를 뺏어갔다. 당기고 뻣뻣하며 쪼그라드는 듯한 머리에 대한 부정적인 관념이 늘 마음 한구석에 자리잡고 있었다.

나는 심리공부를 시작하고 인간의 근원적인 불안과 분노, 원망, 죄책감, 성격 형성 등 사람의 심리에 대해 공부하면서 타인과 나를 객관적으로 바라보게 되었다.

자기수용은 내가 나를 애정으로 바라볼 수 있을 때 가능하다.

한쪽 다리가 없어도, 인생의 큰 실패와 실수를 했어도 자기를 격려하고 믿을 수 있을 때 가능한 것이다.

인간은 모두 불완전한 존재이다. 그렇기에 불완전한 현실 속의 자기 모습도 책망할 것이 못 된다.

더 이상 당신을 괴롭히지 마라. 다시 일어설 수 있게 따뜻한 손을 내밀어야 한다.

아직도 자신감 없어 하는 그대를 격려하고 인정해줘라.

나는 다시 할 수 있다고, 그냥 그대로도 아름답다고…….

"불완전한 네가 나는 좋아. 빈틈 있는 네가 인간적이라서 나는 좋아!"

다시 일어서기

인생을 살다 보면 주저앉고 싶을 때가 있다. 내가 가진 모든 것이 송두리째 사라졌다고 생각했을 때 그랬다. 살 이유가 없어지니 모든 것이 무의미하다.

늘 반짝이던 사물들이 흑백으로 변해버리는 순간 심장은 뛰지 않고 눈동자는 초점이 없어졌다. 목표가 사라지니 삶의 방향은 어디로 가야 할지 길을 잃었다. 타인의 의지대로 움직이는 삶, 내 생각이 있어도 실현하지 않는 삶이 반복되었다.

스스로 가망 없다고 생각했기 때문이다. 경계를 긋는 순간 어떤 것도 넘을 수 없었다. "너는 할 수 없어 단념해"라는 말이 계속 메아리 쳐서 내 손과 발을 묶어버렸다.

생각이란 참 요상한 놈이다. 나를 우주 밖 은하계까지 가게 하는 것도 요놈의 생각이요, 독방에 가둬놓고 꼼짝없이 못 움직이게 하는 것도 생각이다.

그런데 생각도 패턴을 만든다. 늘 같은 생각은 굳어져 오솔길을 만들고, 더 큰 길을 만들고, 풀도 자라지 못하게 아스팔트로 덮어버려서 나중에는 새로운 길을 만들려면 엄청 고생을 해야 한다.

내가 하는 생각은 다 틀린 것 같았다. 뭐든 결정하기 전에 누군가에게 물어보았다. 가야 하는지 말아야 하는지, 해야 하는지 하지 말아야 하는지 의지하는 사람이 결정한 대로 움직였다. 자기 자신을 믿지 못하니 누구를 받아들이는 것도 쉽지 않았다.

오랜 세월 방어막을 치고 찔릴까 봐 어느 누구도 가까이 오는 게 싫고 부담스러웠다.

가슴속에서는 "너는 나를 모를 거야. 설령 안다고 해도 어떻게 이해를 하겠어" 하며 다친 마음을 붙잡고 혼자 설움에 복받쳤다. 타인에게 아무도 들어오지 못하게 해놓고 스스로 외로워하고 서운해했다.

되돌아보니, 모든 것이 내가 쓴 시나리오대로 인생이 흘러갔음을 느끼게 되었다. 언제까지 비극 배우로 살아갈 것인지, 너무 한 역할에만 편중된 것이 아닌지를 생각하다 보니, 배역을 좀 바꿔보고 싶었다. 이제 우는 것도 슬픈 것도 지겨웠다.

스스로에게 화가 나면 그래도 많이 치유가 된 것이다. 넘어져도 잠시 누군가 부축은 할 수 있겠지만 계속 의지하고 갈 수는 없다. 누군가가 손을 내밀었을 때 자존심에 뿌리치지 말고 발딱 일어서야 한다. 한 발자욱 디딜 힘이 없어도 걷다 보면 기운이 난다.

자기감정에 매몰되어 있으면 시간과 공간이 바뀌어도 계속 제자리다. 부정적인 생각은 거머리와 같아서 내 몸과 영혼을 갉아먹고도 허기지게 만든다. 행동을 바꿔주는 그 무언가를 해야 한다. 가능한 긍정적인 감정을 불러오는 것을 지속적으로 해야 한다.

진흙탕 물에는 맑은 물을 계속 부어줘야 깨끗해지듯이 긍정의 에너지를 만들어내는 활동을 하자. 그리고 자기의 성취감을 조금씩 느낄 수 있는 일이면 좋다. 가령 청소를 하는 것이 귀찮고 생각도 하기 싫었다면 매일 빗자루를 들고 십 분간만 논다고 정해놓자.

사람 만나는 것이 끔찍하게 두렵고 거북하다면 말하지 않아도 좋다. 그저 고개만 까딱하는 정도로 아는 체 해보라. 해본 것은 낯설지 않게 되고 익숙한 것은 계속하게 된다.

두려움이나 우울함 그리고 분노의 감정에 묻힐수록 생각은 작아지고 시야는 좁아진다. 그 에너지를 나를 태우는 데 사용하지 말고 기운 주는 에너지로 변화시켜야 한다.

자신의 심장에 가만히 손을 대고 느껴보라. 가늘고 연약한 가슴이 꽉 막혀서 힘들다고 흐느끼고 있다.

"괜찮아"라고 말해 주어라. "정말 괜찮아"라고 위로해주자. 그동안 외로웠을 당신의 지친 내면 아이에게 미안하다고 해주자. 그것만으로도 충분하다.

매일 아침 나는 이렇게 말한다.

"아무 문제 없어, 너는 정상이야! 더 이상 움츠리지 마, 할 수 있어"라고 말이다.

그동안 나 자신을 너무 과소평가했다. 해보지도 않고 못할 거라고 단념했다. 세상사람들은 다 괜찮다고 하는데 스스로 한계를 만들어놓고 답답하게 살았다.

이제 비극의 시나리오는 그만 쓰고 싶다. 내가 좋아하는 로맨스 코미디를 쓰고 싶다. 명랑, 발랄, 상쾌, 통쾌, 감동 스토리, 진짜 내 인생을 지금부터 살아보고 싶다.

인생 1막은 끝나고, 통통 튀는 진짜 내 인생의 2막이 시작되려 한다.

더 많이 모험해보고 더 많이 도전해야겠다.

내가 어디까지 할 수 있는지 궁금하지 않은가?

궁금해하지 말고 지금 바로 시작하자!

5부

내가 나를 일으켜 주다

자기애도

정신없이 인생을 살아가다 문득 과거의 일이 떠올라 펑펑 울어 본 기억이 있다. 뭐가 그리 서러웠는지 과거의 기억들이 창고에서 우르르르 쏟아져 나와 감정이 격해져서 목 놓아 울었던 적이 있다.

살아가면서 수많은 일들은 지나가지만 그것을 내 의지대로 붙들고서 지나가지 못하게 하고 살기도 한다. 이처럼 순리에 맡기는 게 아니라, 자기 의지대로 지나가게 하지 못하고 붙잡고 있을 때 우리 몸과 마음은 아프다.

감정도 잘못 먹으면 체한다. 억울하고 분하고 슬픈 감정이 몸 어딘가에 뚤뚤 뭉쳐 있을 때 우리 몸은 비정상적인 신호를 보낸다. 머리가 조여오기도 하고 어깨 통증이 느껴지기도 한다. 감정의 신호를 무시하거나 방관한 채 내버려두면 언젠가 감정이 화를 내고 일어난다. 나도 살아 있다고 알아달라고 보챈다. 인생은 희로애락의 연속이다. 기뻤다가 슬프고, 화났다가 웃음이 나고, 우울했다가도 언제 그랬느냐는 듯 또 잊어버리고 종잡을 수가 없다.

유교적인 문화일수록 자유로운 감정의 표현이 부족하다. 특히 남자가 울면 나약한 존재로 인식하는 문화는 한 인간으로서의 건강한 감정을 갖기 어렵게 만든다. 이러한 문화는 내 안의 소통을 막고 '화병'이라는 이름으로 몸과 마음을 좀먹게 한다.

우리는 순간순간 애착과 상실을 동시에 경험하며 산다. 우리 인생의 모든 것은 만남과 이별의 반복이다. 특히 내가 많이 애착한 것일수록 상실감의 깊이는 다르다. 내가 가지고 있던 작은 물건에서부터 사랑하는 사람 그리고 함께 삶의 고락을 같이 했던 가족까지도 언젠가는 떠나보내어야 하는 것이 인생이다.

늘 경험하는 상실에 임하는 당신의 처방전은 어떤 것인가? 애써 별일 아니라며 무시하거나, 회피하고, 또는 잊어버리려 하지는 않는가? 그런데 미해결된 감정이란 놈이 참 끈질긴 면이 있어서 내가 무시해서 쫓아냈다고 생각했는데 순간순간 삶의 비슷한 장면에서, 그때의 불안하고 힘들었던 마음이 또 나의 아픈 곳을 쿡쿡 찌른다. 과거의 기억들이 딱지 밑에 들어앉아 아직도 고름이 되어 나가지 못하고 괴롭힌다.

고통은 참는 것이 아니라 함께 느껴줘야 한다. 눈물이 날 땐 몸과 마음이 슬퍼서 우는 것이다. 마음껏 흘려보낼 때 슬픔의 홍수가 조금씩 마르기 시작한다. 흘려보내지 못하고 가두고 억누를 때 감정은 몸의 어딘가에 썩어서 곰팡이를 만든다.

가장 자연스러운 것은 흘려보내고 배출하는 것이다. 울고 싶을 땐 목 놓아 울어야 한다. 화가 날 땐 화라는 놈을 알아주어야 한다. 웃음이 나올 땐 배꼽을 잡고 화통하게 까르르 웃어야 온몸이 시원해진다.

감정표현에 능숙한 여자들에 비해 남자들의 몸은 경직되어 있다. 어깨가 돌덩이인 사람, 가슴이 돌덩어리인 사람, 배가 큰 바위처럼 감정의 갑옷들이 표현되지 못한 채 겹겹이 둘러싸여 있다.

한 해 사망자 중에서 가장 많은 병의 비율이 '암'이다. 여자보다 남자가 2배는 더 비율이 높다. 왜 그럴까? 감정을 흘려보내지 못하고 칭칭 감고 있기 때문이다. 매일매일 상실을 안고 사는 인간에게 어쩌면 감정의 표현은 신이 인간에게 주신 처방전일지도 모른다.

상실에 대한 자기 치유는 바로 내 안에서 자연스럽게 올라오는 마음자리를 관찰하고 읽어주며 인정해주는 것이다. 이것이 바로 '애도'다.

애도란 의미 있는 애정 대상을 상실한 후에 따라오는 마음의 평정을 회복하는 정신과정으로 주로 죽음과 관련된 것으로 알려져 있지만, 실은 모든 의미 있는 상실에 대한 정상적인 반응을 일컫는다.

정상적인 애도는 시간이 지나면서 상실에 적응하고 현실로 복귀할 수 있는 능력을 자연스럽게 가지게 된다. 만약 사랑하는 이와 이별 후에 세상 모든 것이 무의미해져서 관계를 차단하고 오직 상

고통은 참는 것이 아니라 함께 느껴줘야 한다.
눈물이 날 땐 몸과 마음이 슬퍼서 우는 것이다.

실한 대상의 기억에 몰두하고 오랫동안 현실에 적응하지 못하고 있다면 치료가 필요한 상태이다.

나는 잃어버린 건강에 대한 오랜 상실의 경험이 있다. 회복하지 못하는 것에 대한 집착은 너무 강렬하여 계속 과거의 것에 에너지를 집중하는 경험을 누구나 한 번쯤은 해보았을 것이다. 질기고 지루하지만 간절한 바람 또는 집착은 계속 앞으로 나가지 못하게 하고 과거에 머물러 현재를 놓치고 또 건강한 미래를 만들 기회를 줄어들게 한다. 잃은 것에 대한 적절한 애도의 과정은 너무 길어도 너무 짧아도 삶에 영향을 미친다.

내가 아끼는 모든 것의 상실에 대한 애도의 방법을 정리해보자.

첫째, 충분히 슬퍼하라. 슬픔의 찌꺼기가 남아 있지 않도록 감정의 표현이 필요하다.

그 대상에 대한 나의 애정과 기여함과 애씀에 대한 나의 노력이 헛되지 않았음을 보이고 그 감정을 졸업하라.

둘째, 애도일기를 써라.

잃어버린 대상에 대한 나의 감정과 욕망과 애착을 바라볼 수 있는 글쓰기를 통해 대상에 쏟아 부었던 에너지를 서서히 철수시킬 수 있다. 글쓰기는 대상에 남아 있는 육체적 정신적인 에너지를 깨끗하게 청소할 수 있는 건강한 방법이다.

셋째, 현실의 자기 모습을 그대로 수용하는 것이다.

수용은 과거의 상태와 다른 자기의 현실을 인정하고 받아들이는 과정이다. 인정함으로써 비로소 과거와 결별할 수 있는 힘이 생기며 나의 초점은 미래를 위해 에너지를 쓸 수 있는 상태가 된다.

넷째, 대상과의 단절이 아닌 현실과 연결시키는 작업을 하라.

애도란 대상을 철저히 기억하지 말라고 하는 것이 아니다. 삶 속에서 자연스럽게 함께하는 것을 말한다. 아이를 잃은 아빠가 아이를 위해 또래 아동을 돕는 행동은 대상에 집착하는 것이 아니라 현실에서 애도의 감정을 승화한 경우이다. 분리가 아닌 승화를 통해 사랑하는 것에 대한 건강한 치유가 일어난다.

상실의 시대가 비일비재하게 일어난다. 세상은 온통 전쟁, 기아, 사고, 바이러스, 천재 지변 등 언제 어디서 우리의 소중한 것들을 빼앗아갈지 한 치 앞도 가늠할 수 없는 세상이다.

상실은 불가피한 인간의 숙명이다. 누구나 어느 시점에선 부모를 잃고, 형제자매를 잃으며, 친구들을 잃는다. 이별, 해고, 이혼, 절교, 질병, 이사 등 상실의 형태는 다양하다. 애도는 필수불가결한 생존의 기술이다. 억압된 감정은 반드시 삶의 과정 중에 유령처럼 나를 찾아온다. 제대로 치러지지 않은 이별의 의식은 훗날의 삶을 왜곡하고 당신을 평생 괴롭힌다.

빛나는 당신의 인생을 위해서라면 이제라도 애도의 기술을 배우고 익혀두자.

감각회복

매일 아침 커피 한 잔을 마시는 즐거움에 빠진 나는 언제부터인가 쓴맛이 싫지 않다. 인생의 쓴맛을 이미 맛보아서일까. 알싸한 뒷맛이 오히려 깔끔하다. 쓴맛, 단맛, 신맛, 짠맛을 자유롭게 가려낼 수 있는 나의 이 능력이 참 대견하게 느껴진다. 몸과 마음이 뒤죽박죽이었을 때에는 나의 감각도 뒤죽박죽이어서 한동안 헤맸었다.

사람의 마음이 참 무서운 건가 보다. 짠 걸 먹어도 짜게 느껴지지 않고 신 것을 먹어도 시지 않았다. 감각까지 마비시키는 능력이 마음에 있다는 것을 그때 처음 알았다.

햇빛이 쨍쨍 내리쬐는 여름 어느 날 난 두꺼운 점퍼를 입고도 몸이 추웠다. 마음이 시베리아 벌판보다 더 외롭고 추웠기 때문이었을 것이다. 땡전 한 푼 없이 재산도 다 털리고, 몸도 마음도 만신창이가 되어 영혼이 모두 털린 그때 나는 너무 춥고 배고팠다. 나의 머릿속은 온통 '돈을 벌어야 해, 나는 거지야' 하며 불난 집 주인마냥 조급하고 입이 탔다.

매일 밤 악몽으로 제대로 자지도 못하고, 추운지, 더운지도 느끼지 못하는 내가 돈을 벌겠다고 온통 들쑤시고 다녔다. 액세서리 장사, 가방 장사, 일식집, 호떡 장사, 김밥집, 화장품 판매원, 정신도 왔다 갔다 하는 사람이 일을 잘 했을 리 없다.

직장에 들어가면 멍하니 있을 때가 많았다. 집중해서 호객도 해야 하고 손님에게 설명도 잘해야 하는데 마음은 계속 다른 곳을 맴돌고 있었다. 어떤 주인이 그 꼴을 보고 있겠는가! 몇 달 다니다가 쫓겨나곤 했다. 지금 생각하면 사장님들께 죄송한 마음뿐이다.

어렵게 돈을 벌어와도 돈을 어디다 두었는지 기억도 못할 정도로 나는 얼이 빠져 있었다. 생각은 계속 과거로 돌아가야 한다는 것이었다.

'내가 거기에 가지 않았다면, 그것을 하지 않았더라면, 그 사람을 몰랐더라면, 그것을 놓치지 않았더라면…….'

몸은 움직이지 않으면서 머릿속은 세상에서 가장 바쁜 사람이었다.

가장 믿고 의지했던 큰딸이 정신이 나간 채 돌아다니는 것을 본 엄마는 가슴속으로 피눈물을 흘리셨다. 왜 똑똑하고 멀쩡하게 생긴 내 딸이 저렇게 되었을까? 말을 해도 듣지 못하고, 이해하지 못하고, 바지를 질질 끌고 다니고 어린아이처럼 퇴행된 30대 중반의

나는 감각 있는 사람으로 그렇게 다시 돌아왔다.

딸을 그냥 둘 수 없어 엄마는 병원이며, 무당이며, 치료가 가능하다면 어디든 데리고 다녔고, 여기저기 묻고 다녔다. 병원에 가면 우울증이라 하고, 무당집에 가면 굿을 해야 한다고 하고, 이곳저곳을 다녀도 모두 자기의 이해관계대로 이야기를 할 뿐 제대로 고치는 이가 없었다.

수백 번 같은 자리에 침을 꽂고, 머리에 피를 빼고, 뜨거운 뜸으로 온몸을 지져도 나는 아픈 줄 몰랐고 뜨거운 줄 몰랐다. 생각으로 24시간 돌아가는 머리만 제외하고, 내 몸은 차디찬 송장처럼 얼음장 같았다.

뒤집어진 기운을 내리기 위해 나는 여러 가지를 해보았다.

첫째, 산을 타기 시작했다.

매일매일 행선지를 다르게 하고 거리를 늘리면서 한 걸음 두 걸음 걷는 발자국에 마음을 붙이려고 했다. 변산에서 많이 찾는 사찰 중에 관광지로도 유명한 '내소사'가 있다. 나는 매일 아침 밥을 일찍 먹고 할머니 집을 출발하여 내소사까지 오솔길을 따라 걸어갔다. 내소사까지 가려면 봉우리를 세 개는 넘어야 했다. 나무로 우거진 작은 등산로를 따라 개울을 건너고, 바위를 넘고, 흔들다리를 넘어서며 수없이 많은 계단을 오르락 내리락 하면 어느새 사찰에 도착해 있었다. 걸어서 두세 시간은 족히 되었던 것 같다.

두 번째, 오직 절을 반복했다.

사찰에 들어서면 나도 모르게 마음이 편안해졌다. 법당에 들어가 향을 피우고 정성을 다해 상단, 중단, 하단을 향해 부처님께, 신중님께, 조상님께 삼 배씩 하고 기도했다.

그리고 수없이 다리를 펴고 접고를 반복하며 절을 했다. 생각으로 들끓는 머리를 잠재우기 위해서는 끊임없이 움직여야 한다는 생각으로 반나절, 어떨 때는 밤새도록 절을 했다. 생각이 끊어지지 않으면 관세음보살을 계속 불렀다. 부르다가도 어느새 나의 생각은 과거의 기억으로 가득했다. 그래도 계속 오직 절을 할 뿐 언제까지 해야 하는지 언제 그만두어야 하는지는 몰랐다.

세 번째, 생활 속에 적극적으로 참여했다.

나이 많으신 어르신 두 분은 항상 일손이 모자랐다. 그러나 할머니는 일부러 일을 시키거나 하지 않았다. 마음이 내켜서 스스로 도와드리려고 하면 그제야 일을 시켰다. 참 고마운 분들이다. 피 한 방울 섞이지 않은 남을 돈도 제대로 받지도 않고 그냥 군소리 없이 숙박을 해결해주는 사람이 얼마나 있을까.

나중에 어떤 분한테 들었는데 그 할머니는 관세음보살님이 항상 호위하고 따라다닐거라고 했다. 평생을 한량처럼 마을에서 술 먹고 일도 제대로 돕지 않는 할아버지가 잔소리를 해도, "알았어", "잘했어"라고 답했다. 할머니가 진짜 관세음보살의 화신이 아닐까 하는 생각이 들었다.

그런 할머니가 좋은 아내인 것을 알기에 할아버지는 된소리를 하다가도 나중에는 꼭 우스갯소리로 할머니의 속을 풀어주었다. 할머니는 몸을 쓰고 할아버지는 머리를 쓰는 분이었다.

봄. 여름. 가을. 겨울. 산골 생활은 노동을 하지 않으면 안 된다. 씨앗을 뿌리고, 모종을 옮겨 심고, 풀을 메고, 열매를 따고, 겨울이면 나무를 하러갔다. 그리고 등산객들이 오면 밥을 해주면서 생활을 했다. 나는 큰일은 못해도 풀을 메고, 감도 따고, 무도 뽑고, 깨도 털고, 은행도 줍고, 옥수수도 따고, 등산객 밥도 해주면서 생각을 놓는 연습을 하고 있었다.

네 번째, 불경을 읽었다.

할머니 집에서 그리 멀지 않은 곳에 울퉁불퉁 곱지 않게 생긴 바위산이 있다. 산은 산인데 뾰족하고 올라가려면 험하고 무서웠지만 그 곳에 올라가면 산 너머 마을이 내려다보이고 하늘과 가깝다는 생각이 들 정도로 사방이 훤하게 보여서 좋았다. 나중에 알게 되었는데 그곳 바위산이 기운이 센 곳이라 하여 옥녀봉이라 부른다고 했다.

나는 사찰에 가지 않은 날이면 옥녀봉에 올라가 천수경을 3시간씩 읽곤 했다. 큰소리로 배에 힘을 주어가며 뜻을 하나하나 새기며 읽어내려갔다. 관세음보살이 모든 고통받는 중생을 구하기 위해 설법하신 이 다라니경은 읽으면 읽을수록 내가 행한 모든 잘못들이 하나둘씩 깨달아졌다.

경전을 읽으면 읽을수록 나의 머리는 아주 희미하게나마 조금씩 제정신으로 돌아오고 있었나보다.

6개월이 지나자 나의 힘없는 목소리는 우렁차고 커졌으며, 목구멍에서 맴돌던 소리는 단전에서부터 울려나와 온 산에 메아리쳐 울렸다. 3시간을 읊조리고 나면 잠이 저절로 왔다. 그대로 바위 위에 누워 따듯한 햇살을 받으며 잠이 들었다. 밤새도록 돌아가는 뇌는 조금씩 휴식을 할 줄 알게 되었고 피곤할 때는 낮잠도 조금씩 자게 되면서 내 정신도 희미하게나마 현실로 발을 내딛고 있었다.

시골 생활을 마치고 처음 서울 집에 올라왔을 때, 발아래로 쏟아지는 샤워기의 따듯한 물줄기가 얼마나 감사한 것인지 산속에 있을 때는 정말 몰랐었다.

내 몸의 감각이 살아 있었다. 시리고, 아프고, 따갑고, 쿡쿡 찌르고, 차갑고, 뜨거운 모든 감각을 느낄 수 있다는 것 하나만으로도 내가 세상에 다시 태어난 느낌이었다.

나는 감각 있는 사람으로 그렇게 다시 돌아왔다.

감정회복

눈동자가 잠시도 가만히 있질 못하고 두리번거리고 초점이 흔들린다. 신체 움직임을 보면 그 사람의 정서상태를 알 수 있다. 건강한 몸과 마음을 가진 사람은 감정에 따라 몸이 잘 반응하는 사람이다.

당신의 삶에서 우울한 느낌이 지속적으로 온다면 당신은 감정상태를 체크해보아야 한다. 우울함의 깊이가 어느 시점부터 계속되어 왔는지, 원인은 무엇인지 말이다.

"내 마음 나도 몰라요!"라고 표현을 하는 사람의 마음을 깊이 들어가보면 반드시 원인이 있다. 수많은 감정의 느낌은 보이지 않는 무의식의 작용으로 나타나는 것이기 때문에 일어나는 감정의 이름을 붙여보고, 분석해보자. 기쁨, 슬픔, 외로움, 초조, 불안, 화남, 슬픔, 그리움의 감정의 뒷면 아래 나의 고정된 신념이 있다.

스님과 치유여행을 떠났을 때 나의 감정은 허탈, 우울, 슬픔의 반복이었다. 모든 것이 공허하고 부질없이 느껴졌다. 나는 로봇처럼 감정 없이 시키는 대로만 할 뿐 내 의지가 없었다. 화내는 것도 에너지가 있어야 한다는 걸 한참 뒤에 알았지만 물에 젖은 솜마냥 내 감정은 슬픔과 우울에 잠겨 있어서 늘 축축했다.

강력하고 밝은 무언가가 이 우울하고 축축한 감정을 말려줄 어떤 것이 필요했다. 우울함은 행동을 소극적으로 만들고 위축되고, 방어하게 하며, 관계를 어렵게 했다.

부정적인 감정이 일어날 때마다 주변에 미치는 영향도 적지 않다. 화가 났을 때를 생각해보자. 화의 근본이유를 들어가보면 자기 존재에 대한 부정이나 또는 이해 관계, 생명의 위협 등 다양한 것이 내포되어 있다. 그런데 사실 이러한 이유가 아니었는데도 나의 생각이 나를 기분 나쁘고 슬프게 만든 경우가 많다.

나는 시시때때로 오는 몸의 고통 때문에 걱정과 우울함이 지속되었다. 조여오는 정수리는 늘 신경이 머리로 향하게 하고 머리 통증은 다른 것에 관심을 가질 수 있는 에너지를 갉아먹었다. 해결되지 않는 문제에 대한 걱정이 일상생활을 늘 힘들게 했다. 해결되지 않은 문제는 불안과 걱정으로 주변의 일까지 하지 못하게 에너지를 빼앗아갔다.

당신이 늘 같은 패턴으로 현실에 몰입하지 못하는 불안함이나 우울감이 있다면 그냥 내버려두지 말고 적극적으로 당신의 문제를

나 혼자가 아니라 함께함을 알게 될 때
우리는 힘을 얻고 일어설 용기를 갖게 된다.

해결하려고 시도하고 노력해야 한다. 시간이 해결해주기만을 바라기엔 현대는 너무 빠르고 급하다.

오랜 시간 부정적 감정으로 힘들었다면 다방면으로 자기를 진단하고 처방해보아야 한다.

첫째, 부정적 감정을 악화시키거나 유발될 것 같은 장소를 벗어나 본다.

오랫동안 자신을 힘들게 하는 사람을 만나지 않고 거리를 둠으로써 부정적 감정 유발을 막는다. 힘들 때 여행을 하는 이유도 생활 반경을 일탈함으로써 새로운 감정에 지배를 받기 때문이다.

둘째, 밝은 사람들과 자주 접촉하고 관계를 맺음으로써 나의 감정패턴을 바꿀 수 있는 기회를 얻는다.

우울증으로 고생할 때 웃음치료를 다니신 분들은 훨씬 통증이나 우울함에서 빨리 벗어났다.

셋째, 걱정이 되는 사건을 재해석해보는 것이다.

자신의 아픈 몸이나 받아들일 수 없는 상황을 의미 있는 것으로 해석해보자. 훨씬 다르게 느껴질 것이다

넷째, 특정한 감정 이후 행동이나, 심리적, 생리적 반응을 변화하기 위해 노력해보자.

화를 내고 나서 반복적으로 먹는 것으로 풀었다면, 이제는 운동으로 바꿔보는 것이다. 먹는 것은 살이 찌고 소화불량으로 변화

하는 반면에 운동은 스트레스 해소 및 긍정적인 감정으로 변화하기 싶다.

순간적인 감정조절의 어려움은 여러 방법으로 조절력을 키울 수 있지만 오랜 기간 동안 슬픔과 우울감이 있었다면 긴 회복의 시간이 필요하다. 이럴 때 가장 극적인 치유방법은 여행을 떠나는 것이다. 오감이 살아날 수 있도록 오직 현재의 공간을 벗어나 감각을 일깨울 때 생각도 새로워진다.

여행을 통해 접하는 모든 새로운 것들에 감각은 깨어나기 시작한다. 새로운 장소, 처음 맛보는 음식을 통해 반복적으로 올라오던 생각이 새롭게 자각되기 시작한다. 그리고 타인을 바라보는 나의 눈도 깨어나면서 내 마음과 그 사람과의 연결과 공감을 느끼기 시작한다.

전국의 시장을 다니면서 내 눈과 귀 그리고 미각은 깨어나기 시작했다. 강원도 산골에서 나는 약초 같은 나물들, 산에서 갓 뽑아온 어렸을 때 먹었던 꽃 버섯, 송이버섯, 능이버섯을 맛보고, 부산 자갈치시장을 다니며 싱싱한 갈치를 맛보고, 군산에서 먹었던 복국은 아직도 잊혀지지가 않는다. 새로운 음식은 몸과 마음에 반응을 만들어낸다. 사람들이 열심히 치열하게 사는 모습을 보는 것은 나의 열정과 삶의 방향을 생각하게 할 수 있는 소중한 경험이었다.

모든 병의 시작은 단절에서 시작된다. 혼자라는 느낌은 외로움을 만들고 외로움은 우울과 슬픔을 만들어낸다. 나 혼자 힘든 게 아니었음을 깨달았을 때 그때부터 치유가 시작된다.

나 혼자가 아니라 함께함을 알게 될 때 우리는 힘을 얻고 일어설 용기를 갖게 된다. 오직 나에게만 몰입된 모든 감각이 여행을 통해서 깨어나고 움직이기 시작했다. 귀와 눈과 입 마음이 열리고 타인을 통해 나를 자각할 수 있는 그때부터 당신에게 놀라운 치유가 일어난다.

지금까지 고정되었던 생각이 변화되기도 하고, 새로운 음식을 통해 혀가 깨어날 때 몸의 감각은 반응하기 시작한다. 새로운 사람들의 삶의 방식이 나의 고정된 생각을 바꾸고 새로운 아이디어를 만들어낸다. 자신을 옭아 맸던 생각에서 벗어날 수 있는 좋은 기회가 바로 여행을 통해서이다. 자신의 감정에 답이 정말 보이지 않을 때 당장 떠나보라! 그곳에 답이 있다.

이완연습

스트레스가 많아지면서 원인이 밝혀지지 않는 통증환자가 많아지고 있다. 정작 아파서 병원에 가보면 별 이상이 없다고 하는데 당사자는 잠도 못 자고 직장생활도 제대로 못할 정도로 괴롭고 힘들다.

우리 몸은 스트레스 상황이 오면 적극적으로 대응하기 위해 스트레스 호르몬들을 증가시키고 경계태세로 바뀐다. 근육에 혈액을 재빨리 공급하고 심장박동을 빠르게 하여 상황에 민첩하게 대응하도록 긴장상태에 돌입하는 것이다.

나 또한 자주 강의 현장에서 경험하게 되는데 강의 시작 전 입이 마르고 심박수가 빨라지면서 혈압도 올라가고 안면홍조 현상이 나타난다. 특히 중요하다고, 잘해야 한다고 생각하면 할수록 긴장은 더 오래가고 강도도 세다. 그러나 강의를 성공적으로 마무리했다는 생각이 들면 수축했던 근육들이 느슨해지면서 다리에 힘도 풀리고 심한 피로감을 느끼게 된다.

우리의 몸은 수축과 이완을 반복하며 항상성을 유지한다. 항상 이완만 추구하면 늘어지고 효과적으로 일에 대처할 수 없으며 늘 긴장만 하고 있어도 피로감과 통증으로 일을 지속하지 못할 것이다.

일상생활의 리듬도 이와 같이 일할 땐 팽팽하게 당겼다가 쉴 때는 느슨하게 풀어주어 긴장감을 해소하고 쉬어주어야만 에너지를 충전하고 효과적으로 일을 계속 수행할 수 있다.

휴식만 있으면 삶이 지루하고 재미없듯이 긴장된 시간이 자의적 또는 타의적으로 지속된다면 삶이 만족스럽지 않을 것이다. 그런데 현대인들은 만성스트레스로 지치고 통증을 호소하는 사람들이 점점 많아지고 있다. 생존경쟁에 너도나도 매몰되면서 무엇이든 경쟁적으로 이기려고 하고 획득하려고 하다 보니 육체적 심적 고통을 호소하는 사람들이 정말 많아졌다.

눈동자는 자주 충혈되고 두통이 자주 오고 어깨근육과 목이 뻣뻣하며 아침이 개운하지 않고 몸이 늘 나른하고 짜증이 자주 올라온다. 불쑥불쑥 분노의 감정이 느껴지는 날이 많다면 당신의 몸은 스트레스 과다상황이라고 사이렌을 울려대고 있는 것이다.

몸의 경고음에도 적절한 휴식과 이완으로 보살펴주지 못하면 어느새 자연치유력을 잃게 되면서 회복이 점점 늦어지고 멀어지게 된다. 그래서 늘 몸과 마음의 소리를 잘 듣고 반응해주어야 한다.

동물들을 보면 포식자가 경계태세에 들어갔을때 털을 세우고 키를 더 크게 보이게 하려고 잔뜩 몸을 세우고 눈을 두리번거리며, 얼굴색까지 자주 바꿔가며 대응하고 있는 모습을 본 적이 있을 것이다.

현대인들은 생존경쟁 현장에서 늘 긴장하고 산다. 상사와 부하직원 또는 고객과 민원인들의 신경질적인 잔소리와 감정노동자들의 마음에도 없는 부드러운 말투와 표정으로 신경 쓰고 대응해주어야 하는 매일매일이 어쩌면 포식자를 경계해야 하는 동물들의 상태와 같을 수도 있다.

개인의 삶의 질을 높이고 행복을 최대화하는 시대에 긴장된 사회생활 속에서도 틈틈이 몸과 마음을 이완하여 균형을 회복하는 것이 현대에서는 무엇보다 필요해졌다.

기업체, 학교, 군, 복지관, 기관에서도 전문상담사를 고용하여 마음관리를 도와주고 있는 단체들이 점점 늘어나고 있다. 예전 같으면 남의 눈이 두려워 상담실에 오기를 꺼려했던 사람들이 이제는 자연스럽게 자신의 문제를 터놓고 해결하려고 하는 사회적 분위기가 만들어지고 있다.

무엇보다 머리 중심으로 에너지를 쓰고 있는 현대인에게는 마음을 비우는 연습이 우선시되어야 한다. 뇌를 쉬는 방법을 터득하고 활용해야 한다는 소리이다.

요즘은 뇌파를 적극적으로 조절하여 스트레스 역치를 높이는 뉴로피드백 기술을 적용한 장비도 있다. 필요하다면 자신의 뇌파 상태를 측정하고 조절할 수 있다.

바쁜 현대인들에게 틈틈이 활용할 수 있고, 비용을 최소화하고 지속하게 할 수 있는 방법을 알아보자.

첫째, 실내에서 활동이 많은 사람들에게 야외활동은 반드시 필요한 이완법이다.

점심시간을 활용하여 운동하는 사람이 많아지고 있는데 꼭 야외에서 햇빛을 받으며 야외 활동하기를 권한다. 가벼운 운동도 하고 나면 부교감신경이 활성화되어 신체적 이완과 편안함을 주며 긍정적인 감정을 들게 한다. 또한 심신의 압박감을 풀어주고 불안과 우울을 감소시켜 스트레스를 완화시켜주기 때문에 업무능률에도 도움이 된다. 특히 햇빛을 받으면서 규칙적으로 하는 운동은 신경안정제와 불안완화 효과가 있다(devries, 1981).

둘째, 자연과 자주 접하는 시간을 늘려라.

쉬는 날을 활용해 숲과 공원을 많이 활용하기를 추천한다. 심각한 병에 걸리면 산으로 들어가는 사람들을 많이 보았을 것이다. 에드워드 윌슨은 바이오필리아 가설(biophilia hypothesis)을 통하여 인간은 자연과 공존하도록 유전자에 프로그램되어 있다고 했다. 아마도 자연과 동떨어진 도시생활을 하는 사람일수록 몸의 긴장도가 높

무엇보다 머리 중심으로 에너지를 쓰고 있는
현대인에게는 마음을 비우는 연습이 우선시되어야 한다.

고 예민해 있다. 유해한 전자파와 생체리듬을 교란시키는 파장에서 가끔씩 벗어나 몸에 생기를 주는 숲이나 강 바다를 정기적으로 가는 것은 심신안정과 이완을 주어 자연치유력을 높인다.

나 또한 견디기 힘든 상황에서 가장 먼저 선택했던 장소가 변산 국립공원이었다. 산에 있는 것만으로 마음이 부드러워지고 순해진다. 인공환경에서는 제공할 수 없는 자연의 향기는 뇌의 변연계를 자극하여 호르몬 균형을 조절하고 몸이 기억하고 있는 오래된 감각을 떠올리게 하면서 심신 이완효과를 가져온다(2016, 신경희). 자연은 인간에게 가장 오래된 치료자이자 약국이다.

셋째, 좋은 생활습관을 하나씩 실천하라

건강한 생활양식이 건강한 몸과 마음을 만든다는것은 누구나 알고 있을 것이다. 우리나라 10대 사망원인들의 공통점은 건강에 해로운 생활양식에서 비롯되었다고 한다. 긴장도 높은 현대인의 직장인들의 스트레스와 불건강한 생활양식은 서로 밀접한 상관관계가 있다.

카페인 과다섭취, 음주, 흡연, 폭식, 수면부족 등은 악순환의 고리를 계속해서 만든다. 나의 우울증의 패턴을 보면 음식 아무렇게 먹기, 수면과다 또는 수면부족, 부정적인 생각이 꼬리에 꼬리를 물어 늘 불안하고 긴장되며 힘든 날을 반복하고 있었다.

대표적인 현대적 의미의 양생연구라고 할 수 있는 앨러미다 카운티 연구에서 성인 7천 명을 10년간 추적 연구하여 건강한 생활양식이 어떤 것인지 밝혔다(berkman & syme, 1979). 그 요소들을 보면 하루 7~8시간 수면 취하기, 아침을 포함하여 세끼 식사를 규칙적으로 하기, 간식은 안 먹거나 조금만 먹기, 정상체중 유지하기, 일주일에 최소 3회 이상 적당한 운동하기, 적당한 음주, 금연하기 등이다 .

열거된 요소들을 보면 우리가 자주 듣고 알고 있는 내용들이 대부분이다. 결국은 상황이 안 되거나 귀찮거나 노력을 하지 않아서 건강한 생활습관을 하지 않고 있다고 생각된다.

내 상황에 맞게 기획하는 것이 필요하다. 긴 수면이 힘들다면 중간중간 5분 쪽잠이라도 자둘 것, 세끼를 제대로 먹지 못한다면 휴대할 수 있는 영양간식을 준비하여 틈이 날 때 먹기, 운동도 몰아서 하지 말고 5분 또는 십분 단위로 시간 여유가 있을 때마다 할 것을 권유한다.

사실 의지의 문제다. 당장은 못 느끼기 때문에 알면서도 잘못된 습관을 유지하는 것이다. 조금 귀찮더라도 나의 건강과 활력을 위해 조금씩 생활습관을 변화시켜 보자. 당신의 몸과 마음이 한결 가벼워져 있을 것이다.

이완연습을 통해 긴장과 불안으로 경직되어 있는 당신의 몸을 순간순간 풀어주어라.

삶이 부드럽고 가벼워진다.

회복탄력성

회복탄력성이란 스스로 회복할 수 있는 힘 또는 역경을 이겨내는 힘을 말한다. 나에게 역경을 이겨내는 힘은 무엇이었을까 질문해본다. 사람은 누구나 인생의 사이클이 있다.

나는 웰다잉 강의할 때마다 자신의 인생 그래프를 꼭 그려보게 한다. 그런데 그래프의 모양이 똑같은 사람이 한 사람도 없다.

대부분 올라갔다 내려갔다를 반복하고 드물게 직선으로 쭉 흘러가는 사람도 있긴 하지만 흔하진 않다.

인생 그래프의 변화가 많은 사람의 이야기를 들어보면 한 편의 파란만장한 드라마를 찍은 것처럼 화려하고 굴곡진 인생을 산 사람이 많다.

그만큼 굽이굽이 험하고 변화 많은 인생을 살아왔음에도 불구하고 곱게 늙으신 어르신을 뵈었을 때는 나도 모르게 존경심에 두

회복탄력성이란 인생의 변화를 수용하고 인정하며
도전하는 능력이라고 감히 말하고 싶다.

손을 모으게 된다. 인생의 내공이 넘쳐 흘러서 그분의 주변이 환해지는 느낌을 받는다.

회복탄력성이란 인생의 변화를 수용하고 인정하며 도전하는 능력이라고 감히 말하고 싶다.

어려움이 왔을 때 빨리 받아들일 수 있는 순발력과 지혜, 빈털터리여도 내 것을 부끄러워하지 않는 배짱, 현재의 어려움에 기 죽지 않고 돌파하는 용기는 도대체 어디서 나오는 힘일까?

나는 회복탄력성을 높이는 근원적인 뿌리는 '사랑'의 힘에서 나온다고 생각한다. 그 사람이 기질적으로 강한 사람이라거나 능력 있는 사람이어서가 아니라 어떤 이로부터 받은 사랑의 힘 또는 내가 아끼는 존재를 위해 기꺼이 극복하려고 하는 의지가 발현되는 것이라고 말하고 싶다.

사랑의 힘은 시간과 공간과 능력을 초월한다.

나는 지리산 산골마을 함양에서 큰딸로 태어났으며, 태어나서부터 할머니, 삼촌, 고모, 동네 언니, 오빠들에게 늘 사랑받는 관심의 대상이었다. 산골에 아이가 많지 않아서이기도 하고 첫 손녀라서 특히 할머니에게 듬뿍 사랑을 받고 자랐다. 나는 겉으로 보기에는 소심하고 소극적인 성격이지만 마음 한구석에는 시골 촌년의 깡이 있다. 요즘 말하는 근자감, 근거없는 자신감이 있다.

사랑은 타인의 무의식 속에 자신감을 저축해주는 힘이다. 무한정 사랑을 받아본 사람은 설령 실패를 반복하여도 어려움을 이겨낼 수 있는 자신감이 있다. 끝없이 자신을 믿어주는 신뢰를 맛보았기 때문에 본인의 힘을 믿는다. 그래서 조금 늦더라도 반드시 자기 자리로 돌아온다. 그리고 극복해내는 힘이 있다.

지금에 와서 생각해보면, 엄마는 내가 사람 구실을 못할 거라고 생각했다고 한다.

나의 얘기를 들어본 사람은 "그 정도면 정신병원에 있어야 했겠네요. 어떻게 극복하셨어요?"라고 묻는다. 사실 사건 당시 인생의 50%는 포기해야겠다는 마음이 나도 모르게 들었다. 반쪽자리 인생이니 대충 살다가 가야겠다고 스스로 포기하고 있었다.

하늘에서 미끄러지듯 내려오더니 끝없이 추락하는 내 영혼을 보고 나서 그때부터 난 매일매일 나를 짓밟고 학대했다. 쓸모 없는 인간 말종이라고 소가 되새김질하듯 나에게 욕을 퍼부었다.

어떨 때는 땅이 솟아오르고 하늘이 나에게 덮쳐왔으며, 검은 그림자들이 나를 목조르고 힘들게 괴롭혔다. 더 이상 버틸 힘도 없이 너덜너덜해진 내 영혼은 아무것도 할 수 없는 무기력감을 느낀 채 살아가야 한다는 것이 더욱 비참하게 느껴졌다.

그럼에도 불구하고 7~8년을 한결같이 아무말 없이 지켜봐주고 응원해주는 분이 계셨다.

바로 우리 '엄마'.

말은 없었지만 한없이 사랑을 퍼부어주고 있는 것이 저절로 느껴졌다. 엄마의 눈동자가 이렇게 말하고 있었다.

'난 널 믿는다, 우리 아가. 네가 어떤 모습으로 있어도 난 널 지켜줄게. 괜찮아 괜찮다.'

가슴에서 뜨거운 불기둥이 올라오듯 정신이 번쩍 들었다.

우리 부모님을 위해, 나를 믿어주는 사람을 위해 반드시 살아야겠다, 제대로 살아야겠다는 결심을 하게 되었다. 아무렇게나 살려고 했던 오만하고 이기적인 생각을 버린 이유는 바로 나를 한없이 지켜 봐주고 믿어주신 부모님의 '사랑'의 힘이었다. 그 뒤로 나는 바른 길로 가야겠다고 인생의 방향성을 바꾸게 되었다.

인간은 함께 존재하기에 견디고 도전한다.

너 때문에 일어서고 나를 보아주기에 일어서고 싶다.

인생에 있어 힘든 장애물이 왔을 때, 극복할 수 없는 순간에도 존재 이유를 찾게 되면 삶을 포기하지 않는다.

수많은 사람들이 오늘도 무의미한 삶을 한탄하며 한강다리에서 '자살'을 시도하고 있다.

나는 그들이 너무나 몸서리치게 외로워서, 죽음을 선택하는 것이라고 말하고 싶다.

서울 당산동에 효원힐링센터에는 임종체험 센터가 있다. 이곳은 죽음을 체험하는 공간이자 죽음을 배우는 장소이다. 부산에서 체험하러 온 여자분이 있었는데 얼굴이 어둡고 우울해보였다. 그녀는 체험하러 가기 전 죽고 싶다고 했다. 남편도 자기 일 하느라 바쁘고, 아들도 이제 둥지를 떠난 새처럼 나만 혼자 뒤처지는 것 같고 쓸모없다는 생각이 든다고 했다. 그래서 살고 싶은 마음이 전혀 없다면서 체념하듯 체험장을 들어갔다.

그런데 그녀가 임종체험 이후 환해진 얼굴로 웃으면서 다가오는 것이 아닌가.

"내가 왜 지금껏 가족의 소중함을 몰랐을까요! 남편이 잘 살아줘서, 아이가 건강하게 자기 할 일 잘하고 있어서 무엇보다 내 곁에 살아 있다는 그 자체가 내게 힘이 되고 있다는 사실을 잊고 살았던 것 같아요. 제가 참 행복한 사람이라는 생각이 듭니다."

감사하다는 인사를 몇 번이나 하고 행복한 마음으로 부산으로 내려가는 그녀를 보면서 "아침에 도를 들으면 저녁에 죽어도 좋다"라는 공자의 말씀이 떠올랐다.

한순간의 깨달음으로 그녀는 인생을 다시 설계하고 자신의 우울증을 극복할 힘을 얻게 된 것이다.

위기를 극복하고 삶의 어려움을 이겨내는 회복탄력성은 바로 당신의 주변에서 늘 지지하고 응원하고 있는 사람을 사랑하는 마음에서 나온다. 그들도 사랑하는 당신을 위해 오늘도 힘들고 짜증나지만 일터로 피곤하고 무거운 발걸음을 옮기고 있다.

당신의 내면에 있는 사랑의 힘을 무한정 키우기를 바란다.

그 속에 회복과 치유의 길이 있다.

자동적 반복적으로 올라오는 불안과 우울에 오염되는 마음을 훈련을 통해 극복할 수 있다. 금방 되지 않을지라도 실망할 필요는 없다. 될 때까지 연습하면 되니까!
소홀했던 나 자신과의 대화를 지금부터라도 시작하자. 타인과의 눈맞춤만 하지 말고 나와의 눈맞춤이 필요한 때이다. 무시하고, 소홀했던 나에게 격려와 사랑으로 다독이고 안아주어야 한다.

6부

나도 남도 살리는 여행이 있다

나도 남도 살리는 여행이 있다

지난 세월을 돌이켜 보니 짧은 시간이지만 내 생애 어느 시기보다도 진하게 살아온 시간이었다. 삶의 한 부분에서 철저하게 아프고, 기쁘고, 깨달음을 가졌던 순간들이 나에겐 큰 배움의 시간이었다. 실패와, 좌절, 고통, 극복, 희망, 재탄생 그리고 성장의 과정들이 모두가 나를 깨어있게 해주었던 순간들이다.

안전하고, 평온하고, 행복한 시기에는 내 주변의 모든 것들이 아름다워 보이고 귀를 기울이게 되고 적극적으로 참여하고 살아간다. 그러다가 환경이 변하고 상황이 바뀐 시점부터는 어디로 가야 할지 모르는 부평초처럼 몸도 마음도 발길 닿는 대로 떠돌아다녔다.

천만다행으로 조상의 은덕이 있었는지, 신의 가호가 있었는지 살면서 좋은 분들을 많이 만났다. 특히 도림 스님과의 인연은 나를 바른 길로 갈 수 있도록 이끌어주신 분 중의 한 분이다. 만신창이가 되어 있는 나에게, 아무것도 할 수 없게 된 나에게 치유의 공간을 만들어주시고, 내가 누구인지 돌아볼 수 있는 시간을 가질 수 있도록 안내해주셨다. 안으로만 한없이 기어들어가는 어두워진 마음을 세상 밖으로 꺼내주신 분이다.

스님은 아무 희망이 없는 나에게 어떻게 그런 마음을 내셨을까? 부처님의 "무주상보시無住相布施" 즉 베푼 것 없이 베푸는 마음을 몸소 보여주셨다. 따듯한 밥 한 끼를 내어줄 수 있는 마음이 쉬운 줄만 알았는데 사회에 나가 보니 몸소 실천하기가 쉽지 않았다. 스님의 큰 마음에 늘 감사드린다.

좁아지고 가난해진 마음자리로 옹색해지고 편협해질 때마다 스님의 사랑을 생각하게 된다. 특히 고집 세고 까칠한 못된 나의 성격을 비난하지 않고 늘 자비의 마음으로 이해해주셨다. 사찰에서 수행 생활을 할 수 있도록 물심양면 도와주시고, 부안 변산국립공원에 있는 마음씨 좋은 어르신 내외와 함께 살 수 있도록 배려를 해주신 분도 스님이시다.

변산 어르신들과의 추억은 늘 아름답게 남아있다. 변산에 들어가서 4계절을 보내고서야 의심과 분노와 자책으로 쭈그러진 나의 마음이 천천히 조금씩 안정되어갔다. 피해의식으로 가득한 나에게 산속 생활은 편안하게 나를 들여다볼 수 있는 장소가 되었다.

온통 어지러운 생각으로 가득한 머리를 비우는 것이 첫 번째 과제였다. 산을 오르고, 내리고, 몸을 부지런히 움직이며 산속 생활의 리듬에 맞추며 번뇌와 욕심으로 가득 찬 마음들을 참회하고 돌아보는 시간이 생각 없이 앞만 보고 정신없이 급하게 달려가려고만 하는 나를 가다듬어주었다. 내 안에 쌓여 있는 분노와 원망을 녹이고 덕지덕지 붙어 있는 미워하는 마음, 저주하는 마음들이 참회의 눈물을 통해 흘러나왔다. 누구의 탓이 아닌 내가 만들고 지은 것임을 깨닫는 순간 몸과 마음의 고통들이 서서히 줄어들고 있었다. 안으로만 향하던 나의 마음도 서서히 주변으로 관심을 갖게 되었다. 내 마음 괴로운 것만 바라보다가 타인의 마음도 생각하는 여유가 생겨났다.

산과 나무와 풀과 햇빛과 구름들이 환희와 감사함으로 다가왔다. 죽는 게 더 낫다고 생각했던 세상을, 이제는 한번 제대로 살아보고 싶은 욕심도 생겨났다. 쓸모없는 인생인 줄 알았는데 나도 남도 도움이 되는 삶으로 살아야겠다는 마음이 다시 현실로 돌아갈 수 있게 해주었다.

나는 참 복이 많은 사람이다. 나를 믿고 도움의 손길을 주신 운동센터 원장님은 생각지도 않았던 강사의 길에 들어설 수 있게 해주신 분이다. 나에게 가장 필요한 교육이라며 보낸 웃음치료가 어둡고 지친 나를 밝고 생기 있는 사람으로, 이 세상에 필요한 사람으로 살아갈 수 있는 용기를 갖게 해주었다.

불안하고 조급한 마음이 느긋하고 여유 있는 사람으로 변해갔다. 얼굴에 살이 오르고 빛이 났다. 누군가에게 나도 필요한 존재이고 싶다는 소망이 끊임없이 노력하고 도전하게 했다. 어디서부터 잘못되었을까? 아픔과 회복은 어떻게 오는가의 물음은 인간 심리와 치유 교육에 몰두하게 했다.

나는 감히 말하고 싶다. 나를 일으켜 세울 수 있는 것은 자기 자신뿐이라고, 상처 입은 자신을 다독이고 무너진 자존감을 다시 회복할 수 있는 것은 당신을 가장 잘 이해하고 사랑하고 있는 그대뿐임을 기억했으면 좋겠다.

그럴려면 나의 몸과 마음의 움직임을 사랑을 가지고 늘 지켜보아야 한다. 시시때때로 변하고 바뀌는 몸과 마음의 모양을 알아차리는 일은 현실로 돌아오게 하며 순간순간 적절한 선택과 여유를 주는 훈련방법이기 때문이다.

자동적 반복적으로 올라오는 불안과 우울에 오염되는 마음을 훈련을 통해 극복할 수 있다. 금방 되지 않을지라도 실망할 필요는 없다. 될 때까지 연습하면 되니까!

소홀했던 나 자신과의 대화를 지금부터라도 시작하자. 타인과의 눈맞춤만 하지 말고 나와의 눈맞춤이 필요한 때이다. 무시하고, 소홀했던 나에게 격려와 사랑으로 다독이고 안아주어야 한다.

"괜찮아! 잘했어! 힘들었지! 안아줄게! 사랑해! 파이팅!"

이러한 말들이 아직도 어색한가? 타인에게는 늘 좋은 말을 해주는 당신 자기 자신에게는 원망과 질책으로 따귀를 때리고 있지는 않은지 스스로 살펴보기를 바란다. 슬퍼하고 있는 당신의 내면아이가 잘 성장할 수 있도록 지금부터 사랑해주자.

나는 일이 잘 풀리지 않거나 기분이 우울할 땐 여행을 자주 한다. 온갖 어려움으로 힘들어질 때 어딘가로 훌쩍 떠나보면 나의 눈과 귀가 열리고 새로운 경험들이 오감을 자극하며 내 모습을 오롯이 보게 하기 때문이다. 그래서 난 여행을 치유의 시간이라고 생각한다. 늘 습관적으로 반복하던 나의 행동과 생각을 깨우고 변화를 줄 수 있는 기회를 맞이할 수 있게 되기 때문이다. 느끼지 못했던 고마움과 감사의 마음을 가지게 하며, 함몰되어 있는 나의 희로애락도 바라볼 수 있는 마음의 여유가 생긴다.

여행을 떠나면 모두가 아이가 된다. 평소에 굳어 있던 몸과 마음이 이완되어 저절로 얼굴이 편안해지며, 아이와 같은 순수한 마음으로 돌아가는 것이다. 자연과 만나고 나의 에고를 잠시나마 잊어버리고 온전히 몰입할 수 있는 환경이 되면 생각지도 않은 아이디어나 깨달음의 시간이 오기도 한다. 그래서 여행은 온전히 나를 찾는 시간이 되기도 하며 고집과 집착으로 오염되어 있는 마음을 버릴 수 있는 시간이기도 하다.

여행가이드와 심신치유 강사 활동을 병행하면서 사람을 살릴 수 있는 여행을 만들고 싶었다.

몸과 마음이 아픈 사람을 위한 "자연 안에서 자기를 안아주는 여행",

부부관계에 힘들어하는 아줌마들을 위한 "흥을 타는 여행",

신나는 황혼을 보내고 싶어하는 어르신들을 위한 "다시 젊어지는 여행",

스트레스에 힘들어하는 직장인들을 위한 "회복탄력성을 높여주는 여행",

삶과 죽음을 함께 바라볼 수 있게 하는 "삶의 향기를 찾아 떠나는 여행",

우리의 삶에서 늘 고민하는 테마들이다.

인생의 아픔은 늘 고통스러운 기억만이 아니다. 고통 속에서 나와 타인을 진지하게 이해할 수 있으며 성장과 창조로 거듭날 수 있는 담금질의 시간이 될 수 있기 때문이다.

고통받고 있는 당신이 어둠의 터널을 안전하게 빠져나올 수 있도록 열렬히 응원하라! 할 수 있다. 해내어야 한다.

새롭게 재탄생할 수 있는 기회를 절대로 놓치지 않기를 진심으로 기원한다.

다시 젊어지는 여행

나이가 들면 귀가 부드러워지고, 하늘의 뜻에 따라 살 줄 알게 되며, 기쁜 마음으로 나이를 먹고 더 열정적으로 살 수는 없을까?

웰빙의 시대를 넘어 웰에이징, 웰다잉의 시대가 되었다.

어르신들을 위한 싱어롱 회춘투어는 노래와 여행을 통해 인생을 되돌아보고 타인과의 관계증진을 돈우며 열정적인 생애 후반기 인생을 위해 성찰해보는 여행이다.

사람의 마음을 공부하고 오랫동안 노래를 통해 삶의 통찰을 강의해온 안내자들이 어르신들과 동행하며 프로그램을 진행한다. 여행지는 건강과 배움 그리고 재미와 치유의 공간으로 활용이 된다.

싱어롱 회춘 투어는 어르신들의 몸과 마음의 변화에 맞추어 재미있게 진행이 되며 참가자들간의 상호소통과 나눔으로 더욱 풍성하게 진행된다. 노래를 통해 과거와 현재 그리고 미래를 들여다보는 시간을 통해 자연스럽게 치유와 자아통합이 되는 여정으로 꾸며진다.

한국의 어르신들은 자녀들을 위해 그리고 국가를 위해 자신을 희생해온 세대이다.

우리나라를 가장 빠른 속도로 잘 살게 한 세대로 존경받고 대접받아 마땅한 훌륭한 리더들이다.

좀 더 즐겁고 건강한 생애 후반기 인생을 위한 어르신들에 대한 배려가 필요하다고 생각된다.

단순하게 보고 맛보고 듣는 관광에서 벗어나 소통과 화합 그리고 성장이 있는 공간으로 어르신들을 안내할 것이다.

프로그램 안내

실버들을 위한 싱어롱 회춘 투어는 온몸과 마음을 열고 즐기실 수 있도록 배려한 프로그램이다. 참가자들이 준비하실 것은 열린 마음과 용기 그리고 나의 끼를 무한정 발산할 것을 선포하시기만 하면 된다. 어르신들에겐 활력충전, 엔돌핀 강화,끼 발산 등 다시 젊어지는 회춘여행이 될 것이다.

흥 타는 여행

우리나라 주부들은 살림도 하고 돈도 벌고 아이도 양육해야 되는 수퍼우먼이 많다. 한 가지도 힘든데 여러 가지를 병행하다 보니 나날이 쌓여가는 마음의 상처와 병들이 심각하다.

힘들어도 남편의 위로와 사랑이 있다면 견딜 수 있을 텐데 더욱더 높아만 가는 부부 사이의 갈등은 삶을 무기력하게 만들고 열정을 잃어버리게 한다.

크루즈 크레이지 테라피는 힘들고 지친 아내들을 위한 치유여행 프로그램이다.

배를 타고 여행을 하며 진행하는 이 프로그램은 나와 타인의 문제를 객관적으로 들여다보고 알아차림할 수 있는 프로그램으로 자기문제를 인식하게 되며 타인과의 대화를 통해 내 문제를 해결할 수 있는 통찰을 얻는다. 이 시대 아줌마의 힘은 정말 강하고 똑똑하다. 하지만 힘으로만 버티기엔 너무 지친다.

가끔은 나를 다독이고 격려하는 시간이 필요하다. 배를 타고 진행되는 집단상담은 단순한 동네 아줌마들의 수다와는 차이가 많다.

전문가들의 안내와 도움에 따라 실천과 기술들을 터득할 수 있는 시간이다. 나눔과 여행을 통해 소통과 대화기술, 마음의 관리기술, 치유의 시간을 가진다.

아줌마는 가정에서나 사회에서 반짝반짝 스스로 빛나는 존재이어야 한다. 그래야 가족도 행복할 수 있다. 우울증, 부부문제, 가족소통, 정체성 혼란 등의 문제가 있다면 잠시 공간을 이동하여 나를 들여다보자. 당신의 문제가 단번에 해결될 수 있는 힌트를 얻을지도 모른다.

오늘도 가족의 건강과 행복을 위해 열심히 일하고 있는 모든 아줌마들에게 사랑의 마음을 보낸다.

프로그램 안내

흥 타는 여행은 대한민국 아줌마들을 위한 프로그램으로 홧병, 우울증, 부부문제해소 등 가족 돌봄으로 지쳐 있는 여성들을 위한 힐링 프로그램이다. 이 프로그램에 참가하기 위해서는 솔직해지기, 인정하기, 체면 버리기, 그리고 수용하기다.

회복탄력성을 올리는 여행

상실의 시대가 도래했다. 일과 스트레스 정보가 넘치는 세상 머리가 터져나갈 듯이 쌓인 피로를 안고 또 직장으로 발걸음을 옮기고 있는 사람들, 이제는 개인적인 차원을 넘어 국가에서 "스트레스 관리"를 해주어야 하는 시대가 되었다.

자기관리가 되지 않으면 빠르게 변화하는 세상에 적응하기도 힘들어졌다.

어떻게 하면 신나는, 효과적인 자기관리법을 배울 수 있을까?

바로 "회복탄력성" 여행을 통해 스트레스를 해결할 수 있다.

회복탄력성 여행은 공간을 떠나 자기를 객관적으로 바라볼 수 있는 치유의 시간이다.

자동화된 몸의 감각이 여행을 통해 새롭게 깨어나고 알아차림 할 수 있다. 스트레스 반응과 관리법을 알아보고 회복기술을 배울 수 있다. 자연을 통한 오감열기와 내 마음의 평정심을 키우는 기술을 배워보자. 매일 수많은 스트레스로 인해 긴장되어 있고 불안한 마음을 긍정심이 가득한 마음으로 변화시킬 수 있다.

모든 사물들이 천천히, 자세히, 아름답게 느껴지도록 당신을 관리할 수 있다.

몸과 마음 안을 들여다보면 이완과 치유의 길이 있다. 회복의 기술을 자연과 함께 배워 삶의 행복지수를 높여보자.

자연 명상, 감각 열기, 회복탄력성 기술, 소통능력을 배울 수 있는 여행회복 프로그램으로 당신의 하루하루가 행복해지는 놀라운 마법이 시작될 것이다.

프로그램 안내

회복탄력성을 높여주는 여행은 스트레스로 지쳐 있는 현대인들에게 에너지 충전과 자기 돌봄이 가능할 수 있도록 도와준다. 긴장되어 있고 예민해져 있는 몸과 마음을 이완과 행복감으로 안내할 것이다.

자연 안에서 나를 안아주는 여행

살다가 병이 나면 가장 먼저 가게 되는 곳이 자연의 품이다. 자연은 몸과 마음의 독소를 가장 빨리 빼주는 위대한 힘을 가지고 있다.

아무리 독한 사람이라도 몇 년만 자연 속에 살게 되면 순하고 착한 사람으로 변하게 된다. "나는 자연인이다" 회복 프로그램은 번뇌와 피로로 찌든 현대인에게 가장 필요한 생기와 이완을 주는 프로그램이다. 보기만 하는 것이 아니라 느끼는 여행이며, 자연 속에서 내 삶을 들여다볼 수 있는 프로그램이다. 오감의 작동을 통해 닫혀있던 감각을 깨우고, 숲에 있는 모든 것과 일체가 되어보는 경험으로 구성되어 있다.

꽃, 나무, 풀, 곤충, 동물, 바람, 물 모든 것들과 교감하는 프로그램으로 자연과 하나가 된다. 또한 자연에서 즐기는 여러 가지 미션은 창의력과 감수성을 개발시켜준다.

생존경쟁에 늘 타인을 의식하고 미래를 두려워하며 불안감에 긴장된 현대인들은 만성스트레스 상황에 놓여 있다. 하루 이틀 집에서 TV를 보고 쉬면서 또 전쟁터로 나가 맞서 싸운다.

만성스트레스는 처음에는 잘 모르지만 점점 면역력과 자가치유력이 떨어지면서 몸과 마음이 항상성을 잃게 된다. 그 후엔 짜증 또는 분노 스트레스 상황에 처했을 때 대처능력이 떨어지게 된다.

도시에서의 삶은 긴장의 연속으로 스스로 치유할 수 있는 공간이 작다. 자연 속에 머무는 시간을 통해 위로 받고 충전하는 시간이 현대인에게는 꼭 필요하다.

자연으로 돌아가기 프로젝트 "나는 자연인이다" 회복 프로그램은 지친 당신을 편안함과 이완으로 안내할 것이다.

프로그램 안내

자연 안에서 나를 안아주는 여행은 자연의 리듬으로 돌아가 지친 몸과 마음을 회복하게 해준다. 욕심과 번뇌로 물든 나를 비우고 산, 나무, 꽃, 달, 풀, 바람, 태양과 함께하며 온전히 자연과 하나가 되는 자연치유 프로그램이다.

삶의 향기를 찾아서 떠나는 여행

영국에는 데스카페(Death Café)가 있다. 이상하게 들릴지 모르겠지만 죽음에 대해서 이야기하는 카페이다.

영국에 존 언더우드 라는 분이 2011년 죽음을 주제로 이야기 하는 모임을 하게 되면서 만든 사회적 프렌차이즈로 전세계 52개국 5349곳에서 죽음을 이야기하는 카페가 운영되고 있다.

나는 죽음에 대한 공부를 하면서 왜 우리나라는 죽음에 대해 이야기하는 공간이 없을까? 의아함을 갖게 되었다. 한국 사람들도 죽음에 대해 이야기 하고 싶은 사람이 있을 것으로 생각이 되었다. 그래서 2016년 8월에 "데스카페"를 만들게 되어 지금까지 운영하고 있다. 혹자는 굿이 좋은 이야기도 많은데 왜 죽음을 이야기 하느냐고 묻는다. 왜냐면 죽음은 우리가 반드시 겪어야만 하는 삶의 한 과정이기 때문이다.

우리는 누구나 죽음에 대한 공포와 두려움이 있다. 이 두려움은 회피한다고 없어지지 않는다. 오히려 직면하고 밥 먹는 것처럼 늘 가까이 두고 얘기할 수 있어야 사라진다. 데스카페 힐링투어는 부정적인 인식이 가득한 한국인들에게 여행을 통해 자연스럽게 죽음을 자각함으로써 유한한 인생을 좀더 의미 있게 살 수 있도록 동기 부여를 해줄 수 있는 프로그램으로 구성되어 있다.

데스카페 힐링투어는 역사적 인물들의 유적지를 통해 삶과 죽음에 대한 통찰을 얻을 수 있다. 생생한 죽음체험을 통해 뜨거운 삶의 열정을 다시 찾는 계기가 될 수 있다.

또한 자연에서 즐기는 치유여행을 통해 쉼과 이완으로 재충전할 수 있도록 구성해놓았다.

자세한 일정은 홈페이지를 통해서 확인할 수 있다.

프로그램 안내

데스카페 힐링 투어는 삶과 죽음을 통찰하는 여정이다. 역사적 인물들의 죽음을 이야기하며 자신의 삶을 비춰보는 인생투어로 일반여행과는 다르다. 여행과 체험 토론으로 이루어지며 다소 목적성이 있는 여행이다.